Mitos, gritos e sussurros
Maíra Thomé Marques

cacha
lote

Mitos gritos e sussurros
Maíra Thomé Marques

MITOS	13
GRITOS	75
SUSSURROS	111

P. Estive vendo este livro. É bem estranho o título... *Mitos gritos e sussurros*.
R. Acho mesmo que é assustador.
P. Tem histórias de terror?
R. Não há fantasmas, nem monstros, nem sangue.
P. Então onde está o terror?
R. O terror de ter nascido.
P. Nascer é aterrorizante?
R. É, se você se der conta de que está vivo.
P. Acho que não vou comprá-lo.
R. Faz bem. É melhor escolher outro livro na vitrine.

Ao Sr. Algodão.

PRÓLOGO

Sr. A. Você escreveu o livro?
M. Sim, aparentemente.
Sr. A. Teme que não possa ser verdade?
M. É que o leitor com quem conversei enquanto escrevia é o Sr. Algodão, um tal que nunca vi, mas fiquei sabendo que existe.
Sr. A. Prazer, Sr. Algodão.
M. Por onde o senhor andou?
Sr. A. Ah! Vim de longe. Da época em que sua mãe precisava de um amigo pra ajudá-la a carregar as dores.
M. Foi ela quem o criou?
Sr. A. De certa forma. Mas eu sempre existi. Aguardo ser chamado.
M. Minha mãe nunca se esqueceu do senhor.
Sr. A. Eu sei. Depois dela eu existi em você.
M. E posso apresentá-lo a meu filho quando ele nascer?
Sr. A. Não será preciso. Eu já o conheço.
M. Você o conhece antes de mim?
Sr. A. Dentro de você nós já somos íntimos. É você quem precisa nos reconhecer.

MITOS

O MITO DO UNA

Era mais um dia na colônia e eu e minhas irmãs andávamos por nosso território. O verde das matas me confundia, não sabia se era mato ou um desenho, uma fantasia. De uma coisa eu estava certa: tinha areia, muita areia, e construções de barro pela colônia, todas enfeitadas pelo colorido artificial. Era um dia de festa. Estávamos em uma viela quando um homem me abraçou por trás, e por um instante pensei com entusiasmo que podia ser ele. Quando me virei, vi que era um daqueles velhos de olhos vidrados e baba escorrendo. Ele também procurava alguma saída. Enfiei uma faca comum na barriga dele, dessas que todo mundo leva consigo, e ele gritou um "Ah", preparando-se para morrer. Gritei afobada para minhas irmãs: "Taca fogo, taca fogo!". Pegamos a calda inflamável e jogamos no velho, seguindo os limites da lei, que dizia: "Mata, porém não deixe que as partes sexuais sejam tocadas". O fósforo fora riscado e eu logo imaginei a cintura do homem mergulhada num vasto mar de águas. O resto mergulhou no fogo. Era nossa lei máxima: "Quando a morte chega, aceita-a".

Virei o rosto pra deixar minha imaginação imperar: o rosto do velho virando cinzas e perdendo o formato humano até cair como pó, para então ser levado pelo mar para o lugar que, por sorte, só se encontra uma única vez: a morte.

Continuamos nosso caminho. A barulheira na colônia era incessante, abafando até nossos próprios barulhos. A tribo estava em festa. Mas eu havia aprendido a ouvir um chamado, um som que começara quase imperceptível e hoje toma conta do meu corpo: o som dos passos de um homem que viria me reencontrar. Era um tanto difícil, já que em nossa colônia as mulheres não podem aceitar a presença de outro homem na ausência do pai, então sei que esse homem terá que chegar de outra forma, talvez como um inimigo que me abrace por trás. E por isso, só por isso, nunca me permito ceder minha faca no corpo de algum homem sem antes ver seus olhos.

Mais à frente encontramos o motivo de tanto barulho e cores artificiais: o Rito do Una. Era cerimonioso, e até a atitude de pessoas mais velhas era quase de enfado, já que em uma vida era presumível assistir pelo menos a alguns pares de rituais. Era possível enxergar fileiras de homens escolhidos um a um a partir da estatura, formando uma espécie de escada humana. Suas cabeças eram adornadas por capacetes e seus rostos eram plácidos e conformados. Reconheci entre dois homens uma feição familiar. Mas de onde poderia ser? Nunca tive contato íntimo por mais de alguns segundos com um rosto masculino a não ser o do meu pai, ou os rostos que se deformavam em seguida com uma careta da morte, tal qual o velho que havíamos matado no início da manhã. Estranhamente tal destino teriam os rostos destes rapazes.

Explico-me: para este ritual, escolhiam-se rapazes que iriam completar dezoito anos e que carregassem no rosto algum traço feminino. Era possível reconhecer um pretendente ao ritual logo na primeira infância, pois seus traços femininos inexplicavelmente atraíam homens e mulheres. Era assustador. Essa lei nasceu com uma longínqua história, que hoje conhecemos como O Mito do Una: conta-se que um dia um menino nasceu, e a princípio era parecido com qualquer criança da tribo. Conforme ele foi crescendo, no entanto, seu corpo começou a ficar envolto em algo tão belo que isso passou a ser um problema para quem convivia com ele. Eu sei lá o que tinha esse garoto que atraía tanto as pessoas, homens e mulheres, mas sei que o fim disso não foi nada bom: o alvoroço foi tamanho que o chefe da tribo resolveu que esse rapaz seria sacrificado por ser quem era. Acho que na verdade ele não deveria ser quem era. Bem, a família do jovem se opôs, mas o rapaz não, que aceitou sua morte com uma condição: sua cabeça deveria ficar intacta e exposta para que as pessoas não se esquecessem de que a razão de sua morte fora a fusão do masculino e do feminino em um só ser. Tais diferenças eram inaceitáveis em um único corpo.

Enfim, esses rapazes enfileirados, carinhosamente chamados de Unas, aguardavam sua morte com orgulho, ou pelo menos eram ensinados a demonstrar isso, já que a tradição fala mais alto que qualquer grito individual. Chegamos no exato momento em que três mulheres vinham com facões e, como se cortassem finíssimos pedaços de queijo, começaram o processo de degola dos rapazes. As cabeças caíam no chão eternizando a expressão de serenidade tão acuradamente treinada.

Vi minha mãe chegando para amontoar as cabeças, uma senhora gorda, com braços fortes. Acabado o ritual viriam os comes e bebes, o momento ideal em que todas as pessoas não escolhidas davam graças à sua feiura e podiam vingar-se dos que tinham mais do que elas: o que importava isso agora? Eles estavam mortos. Não havia nada melhor. "Morto bom é morto enterrado", escutei certa vez a expressão, e assim podia-se gozar, pelo menos por um dia ao ano, do prazer que era não ser escolhido.

Até mamãe ficava como ares de rainha enquanto dava ordem para as outras mulheres, mesmo vestindo um trapo mal-acabado em volta do corpo balofo. Ainda assim era possível ver indícios de um rosto muito belo: "Deixem as pernas com as calças intactas, pois algumas mães podem passar por aqui por acidente, e vocês não gostariam que elas vissem seus filhos com os sexos amarrotados, não? Cortem a cintura com cuidado para não ficar feio. Daqui a pouco venho com as cabeças limpas e entregamos para cada mãe."

Eu e minhas irmãs ficamos assanhadas com a possibilidade de ver de perto uma limpeza de cabeça sendo feita, já que o máximo que tínhamos nos aproximado era acompanhar a sombra dos movimentos de mamãe, encarregada desse imundo serviço há alguns anos. Quando ela nos viu, além de nos repreender, acabou por falar mais do que devia, pois deixou escapar que talvez nunca veríamos algo daquele tipo, isso era sina dela, que fizera por merecer.

Perguntei às minhas irmãs se elas haviam percebido a gafe de mamãe. Disseram que sim, mas que por nada no mundo poderiam imaginar do que tratava a sina. Eu imaginava. Eu sei que tem alguma relação com aquele homem que estou esperando.

Uma de minhas irmãs nos incitou a seguirmos mamãe e eu disse que não era bom fazermos isso. Acabei concordando, a oportunidade era de ouro. Subimos a escada que nos levaria ao quarto de limpeza das cabeças com tanto medo que até o vazio do peito fazia eco. Quando chegamos perto escutamos um farfalhar de instrumentos e alguns sons abafados e nos entreolhamos para saber o que devíamos fazer: correr dali para nunca mais voltar. Ainda que eu tivesse uma curiosidade intensa, ela ainda não era fatal.

Chegamos a uma sala contígua, deixamos a porta entreaberta e descobrimos papai descansando. A sala era tão pequena que mal comportava as quatro com papai sentado confortavelmente em uma poltrona. Minhas irmãs recomeçaram a tagarelar, como se nada fosse, ou como se tudo tivesse passado dentro delas, enquanto meu pai mantinha o usual rosto de desprezo. Estava aí um homem digno de habitar aquela colônia – não tinha atrativo algum, era repetitivo e rude o suficiente para não ser morto por uma bobagem qualquer.

Apesar do temor que papai tentava nos impor, eu continuava interessada em saber sobre o que se passava naquela sala ao lado. Qual não foi minha surpresa quando estiquei os olhos o máximo que pude e avistei a sombra de alguém, talvez um homem, com um chapéu. Era ele! Eu tive certeza, era esse o homem com quem eu deveria me encontrar. Mais ninguém poderia estar ali, aquele não era um espaço de passagem, mas de permanência. Meu coração estava saindo pela boca, eu não sabia o que deveria fazer, embora soubesse o que precisava fazer. Esse instante se inundou em chamas com a inocente constatação de minha irmã: "Acabou de entrar uma segunda sombra lá no quarto de limpeza. E acho que é a de um homem". Meu pai abriu seus pesados olhos e mirou fixamente para o teto, como se estivesse calculando quais seriam seus próximos passos. Desesperei-me e me perguntava como é que minha irmã não se lembrava daquele homem, como é que ela havia delatado sua presença sem ao menos se dar conta de que um dia vira sua sombra. Foi então que entendi – o chamado só existia em mim, eu era diferente, não elas. Meu pai, controlando a ira, mas satisfeito por enfim poder dar cabo do único homem que conseguira fugir de seu destino, começou a andar a passos firmes e o facão empunhado. Era demais para o meu pai aguentar que esse homem conseguira unir-se a um corpo feminino e gerar um filho. Este homem que fora meu pai por tantos anos, agora iria levar o corpo do outro homem, que eu nem chegara a ver com nitidez, para a morte. Este homem que por tantos anos conseguiu se esconder dentro de mim, agora iria morrer por um descuido de ter se deixado revelar. Ou talvez pela ânsia de me encontrar também. Esse homem que eu não iria encontrar nunca mais era o meu pai. Eu fui a filha que ele ajudou a gerar com minha mãe.

DESENCONTRO

Foi um terror. Lembro-me de poucas coisas tamanho o horror daquela noite. Não sei como sobrevivi.
    Fomos dar em uma casa desconhecida. Era enorme, com vários cômodos, paredes, portas e pontas de mobília que só podíamos descobrir pelo tato
    Foi tão medonho que me esqueci do propósito daquela viagem, só sei que era viagem porque estávamos longe de casa. Éramos muitos, coordenados por uma japonesinha com ares de líder. Eu não entendia muito bem seus comandos, porém obedecia, já que só desejava sair daquele lugar o quanto antes.
    Só estávamos eu e ela, carregando algo com vida. Não sei se era bem um bebê, porque estava todo embrulhado, mas sabia que tinha vida porque eu temia por aquele pacote. Eu experimentava uma sensação de saber que aquilo tinha grande valor, mas não me ocorreu perguntar se alguém tinha conhecimento sobre o que se tratava. Hoje, olhando pra trás, imagino que talvez tenha dado um grande valor para o embrulho numa tentativa de me impedir de desistir da vida naquele momento. Talvez, se eu não achasse que tinha que salvar aquela vida eu sucumbiria, tamanho o medo. Às vezes eu até sentia um bafo quente emanando do embrulho, por isso eu talvez tenha deduzido ter em meus braços um ser com vida. E nem pensei que aquele ser pudesse fazer parte dos planos diabólicos daquela pessoa-coisa que estava nos submetendo àquela noite horrenda.
    Muitos de nós já estávamos mortos. As salas eram muito pouco iluminadas, quase não víamos nada, mas eu, a japonesinha coordenadora e o pacote havíamos acabado de constatar que mais

outros estavam mortos naquela sala que dava passagem para outro cômodo muito apertado. Quando entramos na salinha, senti alguma coisa estendida no chão e, com a mão que não segurava o embrulho, comecei a sentir todo o corpo que jazia ali. Quando minhas mãos chegaram à cabeça, pude perceber um crânio esvaziado e sentir o osso da testa duro, feito costelas de dinossauro. Duvidei que aquele corpo pudesse ser uma pessoa e, antes que algum facho de luz entrasse para que pudéssemos enxergar do que se tratava, a coordenadora me fez fazer o que me obrigava a fazer em todos os cômodos: abaixava-me depressa enquanto ela sussurrava em meu ouvido que eu deixasse que ele escutasse o som de uma pessoa qualquer que também estava na casa, se morta ou viva não sabíamos. Esse era o plano da japonesinha: a partir do meu silêncio, a pessoa-coisa iria escutar o som da pessoa que estava sendo evocada em seu sussurro e, atraída por mais uma possibilidade de assassinato, viria até o cômodo. E nesse momento aproveitaríamos para matá-la. Esse era o plano dela: matar a pessoa-coisa antes que o resto da turma cedesse em suas mãos. Meu terror era tão grande que não conseguia pensar e argumentar. Se o tivesse feito, menos gente teria morrido. Hoje sei que a questão não era matá-lo, era resgatar as pessoas, mas perdemos muito tempo tentando atrair a morte como se pudéssemos surpreendê-la antes de nós mesmos sermos surpreendidos por ela, por isso poucos de nós voltaram pra casa. Acho até que a coordenadora tinha boa intenção, mas ela não conseguiu perceber que não é possível atrair a morte para matá-la. Se a atraíssemos, nós é que morreríamos.

Estávamos, então, novamente neste ritual inventado por ela, quando o nome evocado foi o da Jéssica. Ah! Jéssica tão querida. Depois de anos sem nos reencontrar, voltamos a nos ver uma única vez nessa noite. Porque quando um facho de luz foi jogado naquela sala, pudemos perceber que o que estava estendido era mesmo um corpo. O da Jéssica.

Comecei a perceber uma coincidência macabra: cada nome que ela evocava, pensando estar vivo, nos aparecia morto logo após o chamado em silêncio. E eu era o instrumento dessas mortes: enquanto a coordenadora, atrás de mim, evocava o nome de alguém perdido, minha mente silenciosa imitava o som da pessoa que procurávamos. E no minuto seguinte a encontrávamos morta. Talvez, se a intenção fosse a de resgatar a pessoa e não a de atrair a morte, teria dado certo. Talvez. A intenção parecia boa.

Quando percebi com horror que era Jéssica o corpo morto daquela sala, quis ficar ali um minuto mais para me despedir, mas a japonesinha me empurrava, dizendo que tínhamos que continuar.

Foi quando entramos em uma sala ampla. A iluminação era boa, comparada às outras salas. Era como a iluminação de uma tarde chuvosa. Tratava-se de uma sala de aula e algumas carteiras estavam ocupadas por corpos mortos. Os corpos estavam sentados, com as cabeças pendidas para frente, como se estivessem dormindo. Nas carteiras da frente jaziam sentadas duas meninas com crianças no colo. Todas mortas. Quando olhei mais ao fundo da sala, reconheci entre os corpos meu irmãozinho. O Mateus! Por um *flash* lembrei-me dele brincando comigo, dizendo que eu não poderia mais chamá-lo de irmãozinho, afinal ele tinha crescido. Era verdade, olhando-o assim, como se estivesse dormindo sentado, via o quanto ele tinha crescido. Era quase um homem. E morto. Meu Deus, ele fez isso com meu irmão! Não é possível! Aquilo era nojento. Como essa pessoa-coisa poderia ter feito isso comigo? O golpe era asqueroso, tamanha a crueldade.

Então a coordenadora me levou até a porta daquela sala de aula que dava para um pátio. Foi aí que vimos. Vimos aquela mesma turma, dentre eles meu irmão, brincando e cantando, enquanto andavam em direção a outra porta. A japonesinha me disse: "Ele confundiu. A pessoa-coisa se confundiu. Acha que matou essa turma, mas matou pessoas parecidas com elas. Aqueles na sala não são eles. Ah! Ele se confundiu! E agora temos um tempo maior. Quem sabe não conseguimos salvá-los antes que morram?".

Fui assaltada por uma ideia: "Não, você está errada. Esses que entraram cantando não são eles. Aqueles na sala é que são. E não estão mortos, estão sedados. Se formos atrás dos que estavam pulando felizes, estaremos indo atrás dela, da morte. A pessoa-coisa é todos eles. Ela não está confusa, está querendo nos confundir, já que deve imaginar que, para nós humanos, a realidade é bem diferente do nosso desejo, mas que, bem... podemos tomar o desejo por realidade, se assim nos for conveniente. Enquanto formos atrás dele, a turma de sedados na sala de aula será morta.

Logo após esse *insight*, a coordenadora despareceu. Desapareceu, assim, como num passe de mágica. Depois vim a descobrir que muitas turmas de amigos em uma caminhada pela mata eram atraídas por essa casa. E as coordenadoras eram almas que haviam morrido naquela casa. E elas ficavam toda a eternidade a vagar por aqueles cômodos, escravas da pessoa-coisa. Um coordenador é alguém que não conseguiu sair de lá e se transformou em zumbi. A pessoa-coisa concede uma chance a cada uma dessas pessoas para que elas tentem sair de lá. Para cada turma que chega na casa, a pessoa-coisa permite que um dos zumbis seja o coordenador da empreitada. Se o coordenador conseguir, junto com a turma, pensar em uma saída, ele pode sair vivo de lá. A pessoa-coisa propõe um jogo: se o coordenador e a turma ganharem o jogo, ganham a vida de volta, caso contrário, a casa receberá mais moradores e o coordenador perde sua única chance de sair de lá. Foi por isso que a japonesinha desapareceu, e minha imaginação me leva aos piores lugares: acho mesmo que ela ficará presa em um único cômodo até o tempo em que o mundo ainda for esse mundo que conhecemos. Talvez ela possa fazer carreira de porteira, vai saber.

Mas tenho um palpite: aquela japonesinha não queria sair de lá, ela queria pegar a pessoa-coisa. A intenção dela não era nos ajudar, era nos usar para atrair a morte e poder surpreendê-la. Devia estar com muita raiva, a japonesinha, pra trocar sua única chance de sair de lá por um plano maluco e malfadado.

    Hoje estou em um quarto e meu irmão está na sala com o resto da família. O pacote? Não sei o que era. Quando consegui resgatar a turma daquela sala de aula e pisamos com o pé pra fora da casa, enxergando a luz da manhã que começava a nascer, o pacote também desapareceu. Nunca vou saber o que era, mas agradeço por aquilo ter estado em minhas mãos, porque foi tentando proteger aquele pacote que salvei minha vida e a de meu irmão. A pessoa-coisa oferecia todas as possibilidades: a de vida e a de morte, a de vingança, a de morto-vivo, e oferecia todos os recursos. Acho que ele só queria se divertir propondo brincadeiras de mau gosto com quem ousasse entrar em sua casa. Ele era a vida travestida de morte. E cada pessoa escolhia seu caminho. Ele não era ruim, talvez cruel, mas não ruim. Ele era um experimentador. Ele não privava ninguém de nada, nem do ruim, nem do bom, nem de tentarem matá-lo, nem de tentarem se salvar. Era tudo uma questão de escolha, mas dessas escolhas que a gente escolhe sem saber que está escolhendo. Dessas escolhas que a gente fez há muito tempo, antes mesmo de saber escolher. Talvez ele seja um fiel humanista – brincava cruelmente com o desejo das pessoas, mas em nenhum momento tirava o livre-arbítrio. A pessoa é quem escolhia. Ela é quem escolhia entre ser escrava ou salvar-se. Entre a morte ou a vida.

O EMBATE

M. Quietos! Todos vocês!
Um pouco assustados, um pouco indignados, todos silenciaram.
Avó II. Ixi... Que é que está havendo?
Bisavó I. Cala a boca, sua puta!
Avó II. O quê? Como ousa?
M. Quietos, eu falei! Por que você falou isso? – perguntei virando-me para a bisavó I.
Avó II. É... Pra quê, sua velha crente babaca?
M. Meu Deus do céu! Parem vocês duas! – gritei novamente.
Pai. Deus? Alguém me chamou?
E todos desataram a rir. Da minha cara. Um riso cínico e humilhante.
Pai. Uai! Mas ela vive me colocando nesse lugar! Não posso fazer nada!
M. Pai, menos, pai, menos. E vocês duas, quando é que vão parar de se acusar? – me voltei para as velhas.
Mãe. Ah, tá! Daqui, quem faz isso melhor é você. Vive se acusando.
M. Manhê, dá um tempo, vai – e vi a mãe silenciosamente se enfezando.
Tio. Dá você um tempo e vai cuidar da sua vida!
M. Ah! Falou o vice-Deus, que nem ao menos espera eu colocá-lo nessa posição e vai entrando. Seu cheirado de meia-tigela!
Avó I. O quê? Não fala isso! Pelamordedeus, não faz isso comigo!
Avó II. Quieta, velha. Só a senhora teima em fingir que não sabia.

Avó I. O quê? Essa velha tá querendo dizer o quê?

M. Mas vocês duas também? Querem me deixar um espaço pra falar? Vocês falam demais! Não me deixam nem pensar!

Avô I. É você que dá muita atenção pra gente...

M. Ah, vô! Mas o que é que eu faço então?

Tia. É só não dar atenção, oras!

Irmão I. Ahahahaha! Olha essa aí, nem se aguentou, arrumou uma doença fatal e agora vem dar conselhos!

Avó I. Meu Deus! Não faz isso comigo!

E sem combinarem, todos gritaram:

Cala a boca!

Pai. E agora? Está em dúvida se puxa os cabelos ou se joga no chão? disse o Pai para a sogra.

Mãe. Que é isso? É pra falar da mãe do outro então? Pera aí que tenho muito veneno guardado.

Avó II, ciente de que o filho a defenderia, aproveitou para cutucar mais um pouco:

E seu irmão que roubou a cidade inteira e agora está no buraco?

Irmão II. E é bicha, além de tudo!

M. Epa, epa! Tô ficando cansada de ser intermediadora. Só isso que fiz minha vida inteira! Não acham que mereço paz?

Irmão II. Isso ninguém vai dar a você.

M. Mas vocês falam demais e alto aqui dentro de mim. Não consigo saber quem sou eu! Estou super populada!

Avô II. Nós vamos existir sempre, belecina. Acho que vai ter que aprender a lidar com isso.

M. Eu sabia que esse negócio das pessoas estarem dentro de nós dava problemas! Muita gente, muita confusão, e...

Mas você reclama, hein? – gritaram todos em coro!

ROE(DOR)

Foi uma surpresa encontrar Ceci, a prima dos cabelos, me chamando em plena Rua Augusta. Ela disse estar me procurando para que eu fosse visitar o Roed, seu filhinho, internado no hospital havia alguns dias. Nenhum questionamento me ocorreu. Só fui.

Quando entrei no edifício, percebi que de hospital tinha muito pouco. Era um hospício. Uma freira me recebeu. Uma freira-enfermeira. Já não via a Ceci, mas a freira-enfermeira me conduzia por corredores que iam ficando mais escuros à medida que caminhávamos. As janelas iam rareando e a luz do sol, em dia que já havia nascido escuro, quase não se via mais.

Entrei em um grande quarto lotado de camas grudadas umas às outras. As roupas de camas estavam todas imundas e juro, não saberia dizer qual era o tipo de sujeira impregnada nos lençóis. Tentava distinguir Roed ao meio dos garotinhos porcos, e lá, bem ao fundo, vi uns dentes rangendo, um olhar meio caído e, por fim, os mesmos cabelos da mãe. Uns cabelos loiros, lisos, cheios, meio secos, que davam a ideia de uma juba de leão. Era Roed.

O pequeno veio ao meu encontro como se passássemos longo tempo em companhia um do outro. Mas isso era bem pouco próximo aos fatos. Eu quase não tinha contato com ele. Só recebia notícias de quando em quando mais como uma fofoca que uma relação.

"Ei, Roed. Como você está?"

"Eu gostaria de sair daqui. O que aconteceu?"

"Como assim? Você não sabe o que aconteceu?"

"Não. Mas eu gostaria de sair daqui. Posso ir embora pra sua casa?"

"Pra minha casa...? Hum... Temos que perguntar à sua mãe."

Roed, decepcionado, calou-se. Foi o tempo necessário para que eu e ele nos déssemos conta de que logo atrás, assim, bem pertinho, uma mulher estava em trabalho de parto. Logo eu que havia sido uma criança tão asseada, tão limpa e incorruptível, estava em meio a crianças pornograficamente sujas, e tão próximo a uma que estava para vir à luz em tão débeis trajes.

Tudo indicava que aquela criança nasceria ali e sua biografia se limitaria àquele espaço e tempo. Roed devia estar estranhando por não ter nascido ali. Ele não reconhecia aquele espaço como sendo o ventre que o ninou.

Livrei-me daquelas ideias e me ative ao pequeno.

"Pois então, Roed. Fiquei sabendo que foi seu aniversário faz algumas semanas."

"Fiz. Fizeram uma festa pra mim."

"Teve bolo, salgadinhos e bexigas?"

"Teve um aviso de que era o fim da estrada."

"Como assim? Que espécie de festa foi essa?"

"Eles passaram um filme sobre mim. Era do tempo em que era pequenino."

"Mas você ainda é pequenino."

"Não sou. Você é. Eu não. Já não sou mais."

Dei uma risada nervosa. Como assim eu sou pequeno, me perguntei. Que disparate!

"Mas Roed. Eu não entendo. Você não vê crianças aqui ao redor? Todas crianças como você?"

"Você está enganado. Está acreditando no que seus olhos enxergam."

Aquilo tudo contrariava meus cálculos, mas eu tinha que confessar a mim mesmo que fazia um sentido aterrorizador.

"Escuta, Roed. Eu também estaria muito assustado se tivesse parado em um lugar como esse. Mas acontece que você chegou aqui porque ficou doente, não foi?"

"Não vou mais falar com você. Achei que tivesse vindo pra me buscar. Se não veio, tchau."

Um barulho vindo da moça que deixava escapar um bebê de dentro de si chegava cada vez mais aos nossos ouvidos. Ocorreu-me chamar a freira-enfermeira. Pedi licença ao Roed e solicitei que ele não saísse dali. Ele lançou-me um olhar assim estranho, desses que nitidamente são tentativas de comunicação, e a gente se odeia depois porque não entendeu o recado.

Corri ao alcance da freira-enfermeira e voltamos eu e ela, eu puxando-a pelo braço. A moça já estava com o bebê parcialmente fora dela. Que tragédia! O bebê corria o risco de conseguir sair! Por alguns segundos perdi qualquer coisa ao meu alcance. Esqueci-me por um instante de Roed.

Mas juro que foi só por um instante. Não entendi nada quando eu olhei para onde ele deveria estar, onde eu o havia deixado, e ele não estava mais. Chamei-o, gritei seu nome, e meus gritos se confundiam com os da mulher que perdia o bebê de dentro de si.

Girei em torno do quarto, perguntei praquelas crianças desmioladas e ninguém conseguia entender uma palavra do que eu dizia. Olhava e procurava em desespero. E se alguma coisa tivesse acontecido a ele? Eu me culparia para sempre? Coitadinho! Eu precisava aliviar aquela dor dele, pelo menos saber o que doía nele. Eu precisava compartilhar daquela marca.

Por um relance meus olhos viram uma figura parecida com a de Roed. Deixei passar, mas minha memória me levou ao lugar em que eu o havia visto. Examinei e percebi. Misericórdia! Eu vi! Pela janela eu vi Roed andando a caminho da rua, de mãos dadas com Ceci, deixando essa morada. Quem caminhava livre era ele. Quem olhava pela janela as ruas lá de fora era eu.

RUÍDOS

"Não pode ser", exclamou para si mesma. De onde estavam vindo aquelas risadas? Ou seria uma queixa? O som a confundia... Tentava prestar atenção, mas não conseguia distinguir: alegria ou lamúria? Ambos pareciam ser tão semelhantes! Era como se possuíssem a mesma face. Alegria podia fundir-se ao lamento. Tinham praticamente o mesmo som. Mas será que eram a mesma coisa? Apostou que sim.

Tinha que encontrar de onde vinha aquele som. Assim iria encontrá-la. Enfim! Há tantos anos esperava por isso. Achou esquisito ela ter ido embora tão lentamente e sem ao menos se despedir! Estava claro que ela iria partir, mas elas nunca haviam trocado um olhar de separação, um aperto de mão que fosse! E do dia em que a casa ficara vazia, chegou a procurá-la ainda. Mas a casa estava mesmo vazia. E agora, anos depois, o mesmo ruído.

Lembrou-se então como foi que tudo se deu. Ela estava quieta já havia alguns dias, mas ninguém se perguntou sobre isso. E logo as duas que viviam tão juntas, partilhando cada pedaço da vida uma com a outra! Mas nada foi perguntado. Era como se aquela dúvida fosse a mais forte certeza. A dúvida que se cobria de panos abafados tornava-se evidente. As duas consentiram que seria assim. E nada se falava sobre isso. Quando uma flagrava na outra o olhar de tristeza, só fazia aumentar a dor: "Jussara...", um dia Helena ousou dizer, com a voz lastimada, mas foi cortada pelo olhar enviesado da outra. E aí o pacto foi selado. Iriam se separar. Helena achou que fosse se desesperar. Mas não. Uma calma a invadiu e a recusa tomou conta daquela relação. Afinal de contas, o que poderia ser feito? Bem ou mal, a vida era de Jussara. Ela é quem decidia sobre qual caminho escolher. Mas Helena não concordava! Não! Era muito egoísmo da parte de Jussara. Por uma decisão solitária, as duas viraram estranhas entre si. Na mesma casa. Às vezes havia indícios de inimizade e era aí que Helena sentia-se de volta à vida. Mas era apenas um lampejo de ódio que se esvaía com um aceno cordial de boa noite. Jussara estava convencida de que iria embora. E Helena sabia que iria ficar. Naquela mesma casa. Com aquelas mesmas sensações amordaçadas. Jussara iria se livrar de todas as amarras, e Helena continuaria imóvel, porém ali. Como poderia ser assim? Vivendo juntas há tantos anos, escolhendo as mesmas coisas durante tanto tempo, e de repente, mais uma escolha que deveria ser cotidiana as transformava em duas pessoas. Cada uma escolheu um sentido oposto.

    E quando Helena chegou em casa e viu a ausência de Jussara, sentiu-se atordoada. Era como se todas as extremidades de seu corpo fossem cotos que latejavam de dor e lhe embrulhassem o estômago. Suas têmporas ardiam fazendo seus olhos cegarem. Não reconhecia seu corpo, porém sentia a dor que a ausência dele lhe causava. Magoou-se assim por algum tempo, até que seu tormento foi substituído pela recusa. Ficou a dizer nada para si mesma.

    Doze anos se passaram quando ouviu novamente aquele som. O som que o corpo de Jussara fazia quando anunciava alguma alegria ou um lamento. Helena então se deu conta de que de todos os anos em que viveram juntas, os únicos momentos em que não tinha certeza sobre Jussara eram esses. E nunca havia parado para pensar sobre isso. E hoje, aquela dúvida veio assaltá-la mais uma vez. Iria a ilusão triunfar sobre a dúvida de novo? Pois fora exatamente a dúvida transformada em certeza que separou as duas um dia. O coração de Helena agora retumbava. Seu corpo estava paralisado, mas por dentro fervia.

    E então, um alívio tomou conta de Helena. Ela, enfim, se deu conta de que estava sozinha. Jussara não estava mais lá. Ela era uma só. E não precisava mais matar suas dúvidas, transformando-se em um coto que enraizava uma dor lancinante. Percebeu que pela primeira vez via Jussara. Só que de dentro de si. Porque aquele som não vinha de fora, vinha da própria Helena.

"O que foi, Maria?", ele perguntou horrorizado. Seu rosto seguiu o dela: só mostrava pânico.

Maria já tinha ido embora em seus piores pesadelos, aqueles em que a abandonavam tão sutilmente que nem era possível reclamar. Reclamar do quê? – perguntariam. As pessoas iam embora, tinham suas coisas pra fazer. Cada um tinha sua vida.

Maria sabia disso. Mas é que com ele, com Rafael, era diferente. Ela não sabia explicar. Todas as vezes em que ele falava que a hora de ir embora tinha vindo encontrá-lo, ela ficava desse jeito: em pânico. Desesperada. E tantas vezes ele a olhava com piedade. Maria queria morrer quando percebia isso, e também quando percebia que ele não a via. Ele não via que ela ficava sentindo-se tão só que poderia pedir pra que eles morressem naquele momento, para que o encontro se eternizasse. O que ela faria com todo aquele sentimento? Ela estava presa a ele havia tanto tempo, que tinha perdido a noção de que já era uma mulher, pagava suas contas e ia aonde bem entendia.

Ah! Mas com Rafael ela era simplesmente um monstrinho: um serzinho desumanizado que agoniadamente precisava de conforto. Que só precisava engolir Rafael pra ver se a dor dentro dela se acalmava. E ela tinha passado tanto por isso!

Eles haviam morado juntos por alguns anos, e agora, cinco anos mais tarde, depois de terem posto um fim em toda aquela confusão, eles se encontraram no aeroporto. Bem, a separação não havia sido exatamente uma resolução conjunta. Ele é quem tinha decidido. E isso a fez ficar mais vulnerável: tinha sido usada todos aqueles anos, e depois, quando não o satisfazia mais, quando ele a tinha sugado por completo, depois de ele a ter deixado como um pedaço de pano de chão, ele, chorando, é verdade, veio, mas veio pra dizer que tinham que se separar.

    Cinco anos haviam se passado, e ela tinha se recuperado. Estava melhor que Rafael, ele mesmo teve que admitir no encontro. Maria tinha recuperado a autoestima e a juventude, que durante os anos em que dividiram uma casa, tinha se esvaído.

    Maria na verdade já estava morrendo durante os anos em que tentavam dividir uma vida em comum, por isso, o término só lhe deu perspectiva de vida. Vida era a única saída pra quem já estava morta. Afinal, ou se tem vida, ou se está morta. Como Maria já estava do lado da morte, ficou um pouco mais fácil alcançar a vida depois que ele foi embora. Porque no fim das contas, a morte estava no corpo de Rafael. Era como se ele fosse a pior parte que existe em uma pessoa: aquela que não tem vida, mas vive de sugar a vida que existe em outras partes. Aquela parte que não deveria existir, mas existe, e além de tudo quer ter vida porque se considera a melhor parte, a mais poderosa, a única que legitimamente precisa de vida. E como lutar contra essa parte que tem tanta certeza e convicção de que deve reinar como verdade absoluta entre todas as outras partes? Como dizer a essa parte que existe dentro dela, pensava Maria, que ela deveria se recolher? Como fazer pra acalmar essa parte sedenta de vida, imerecida, diga-se de passagem, dentro dela, dentro de Maria, se ela estava personalizada aí em sua frente? Se ela vivia tão nitidamente em Rafael?

    Maria sentia-se injusta pensando isso tudo sobre Rafael. Ele não era uma pessoa? Uma pessoa que, por mais confusa que fosse, tinha vida própria?

    É que Maria muitas vezes duvidava. Ela pensava no que sentia, e a única convicção menos injusta que formava era a de que eles deveriam ser almas gêmeas. Sim, almas gêmeas. Que um dia, algum dia, foram separadas, já que, ditou alguém, para se ter vida, cada um deveria ser metade, e a razão da vida seria encontrar a outra parte. Mas esse alguém que ditou tal feitiço de vida cuidaria durante toda a eternidade das almas gêmeas. Cuidaria para que durante a vida elas não se encontrassem. Jamais. Porque, se o fizessem, se fundiriam novamente, como havia sido no início, e perderiam a vida. Encontrar-se por inteiro significava a total falta de movimento. As partes que um dia haviam se perdido, ao se encontrarem, não teriam mais motivo para se movimentarem, e assim, morreriam.

Maria pensava assim. Pensava que o feiticeiro da vida havia se descuidado e um par de almas gêmeas havia se encontrado. Mas ela se perguntava também por que ele tinha falhado. Talvez tivesse confiado que Maria tinha desejo suficiente de vida, e que ele não precisava se preocupar tanto e poderia se ocupar de outras almas gêmeas mais sedentas por se encontrarem. Ah! Mas ele tinha se descuidado da outra parte de sua alma. Aquela que tinha ficado com mais raiva da separação, aquela que a todo custo encontraria a outra parte. Primeiro para lhe apunhalar, já que, de uma forma ou de outra, ela tinha aceitado a separação. E depois, para se fundir novamente! Para sentir aquela sensação infinita que a perseguia violentamente pedindo por satisfação.

Pobres almas!, pensava Maria. A razão da caminhada é se encontrarem, mas se o fazem, toda a caminhada é em vão! Toda a caminhada perde o sentido, e a única coisa que reina é o reencontro mortífero dessas almas. Pobres almas!

Eles estavam conversando já havia algum tempo no aeroporto quando toda a cena se repetiu. A conversa estava caminhava bem, mesmo que Maria sentisse uma compaixão inexplicável por Rafael, até o momento em que ele havia dito que precisava embarcar. Foi nesse instante que seu mundo virou de cabeça para baixo. Maria sentiu a punhalada. Ela entrava fria e rígida dentro de seu corpo, tomava a temperatura do corpo dela, transformando-se em um agonizante prazer. De repente a punhalada ia fazendo parte do corpo de Maria, como se encontrasse um buraco negro e ali tentasse preencher todo o espaço. E a punhalada vinha como um convite irrecusável de encontro eterno. Era como se repetisse em uma doce e melancólica canção de ninar: "Venha, minha doce alma, venha pra mais perto, pra que eu possa ver seu semblante melhor, pra que eu possa sentir seu cheiro melhor. Pra que a gente possa se encontrar finalmente e nunca mais se separar. Venha, minha pequena...".

Ah! Maria estava em pânico. E Rafael havia percebido isso. Ela precisava se recuperar, senão se perderia de novo, agora talvez sem volta. Maria imaginava se Rafael, naquele momento, tinha mudado de opinião sobre a bela mudança por que ela havia passado. Tinha medo de, em um momento de fraqueza, ser fisgada novamente, e assim, implorar para Rafael que ele não fosse embora, que ele não a deixasse assim, tão sozinha. Porque, se ela o fizesse, Rafael diria: "Maria... Minha pobre Maria, você não mudou nada. E eu é que tenho que cuidar de você!".

Não, ela não poderia fraquejar. Ela não poderia dar mostras de que mesmo recuperada de tantas covardias, ela ainda tinha aquela parte dentro dela. Aquela partezinha desesperada pelo encontro final. Aquela partezinha desumanizada que lhe implorava dia a dia que algo a acalmasse. Essa parte que estava com Maria onde quer que ela fosse, gritando um choro desesperado, reclamando de fome e frio. Ah! Essa parte que, se Maria olhasse por um tempo maior, ficaria com tanta pena, com tanta pena, que daria sua vida pra acalmá-la.

O problema é que, se entregasse sua vida, essa parte iria reinar absoluta, e tentar reunir todas as partes melancólicas e safadas dentro de Maria para comê-la em alguns segundos. E juntas, essas partes teriam um reino: o corpo de Maria, que serviria somente para abrigar o que existe de mais espúrio em um ser humano: a inveja, a avareza, a gula, a luxúria, a preguiça, a ira, a soberba. E o desejo de morte que contamina a vida.

Maria tinha que se acalmar. E então o orgulho a fez recuperar-se. Só o orgulho. Por um momento, sua vida havia sido salva, mais uma vez, por esse sentimentozinho tão mal falado. Esse sentimento que só tem ligação com o egoísmo e o amor próprio. "As armas hão de se aperfeiçoar se eu quiser me manter viva", pensou Maria.

Ela enfim conseguiu despedir-se. Virou-se e andou sem olhar para trás, congratulando-se por não ter tido ganas de expor informação alguma sobre sua vida. Pelo menos estava protegida de qualquer futura aproximação de Rafael, disfarçada de bom mocismo. Rafael ia virar-se para tomar seu rumo também, quando algo no chão lhe chamou a atenção. Agachou-se e viu que era um cartão.

"Maria Leite - paisagista - Rua do Ouvidor, 617, apto. 51 - Telefone: 3091 5000".

— Minha Monalisa! Minha Monalisa!

E lá estava ela, os mesmos olhos, atraentes e ausentes, perspicazes e serenos. Ela sempre tinha esse olhar quando as coisas não iam bem, quando estava assolada pela tristeza. Esse olhar me enlouquecia, me deixava vidrado e com vontade de fugir. Parecia me chamar, me puxar. E era nessas horas que eu a chamava de "minha Monalisa".

Ah! Mas a realidade havia sido dura.

E lá estava ela, com os cabelos muito loiros, roçando as costas nuas em um vestido longo, com uma garrafa de água em uma mão e o cigarro aceso na outra. Quando será que ela começou a fumar? Será que tinha perdido todo o nojo do cheiro do cigarro? E o cheiro dela, como estaria?

Estava mais magra, os seios mais murchos, mas os lábios sempre cheios e rosados, entreabertos, ouvindo a moça à sua frente falar sem parar. Mas eu a via e enxergava uma ansiedade abafada, os olhos atentos ao nada, perdidos dentro das palavras dela.

Ela tinha chegado à cidade há pouco tempo, porém não me telefonou.

Será que havia me esquecido? Será que ainda estava muito machucada? Quase dois anos se passaram e há dois anos estou sem vê-la, sem me confundir em seu corpo e sentir a textura de sua pele. Quantos homens já a teriam amado? Por quantos homens ela teria se apaixonado?

— Isabel?

— Por que chora, Isabel? Por que está chorando? Isabel?

Depois do nosso primeiro beijo, Isabel iniciou um choro doído, sem pausa, só lástima. O que poderia ter acontecido? Serei eu? Será o outro? O que aconteceu?

— Isabel, fala comigo. Isabel?

Segurei-lhe o rosto entre minhas mãos, limpei uma lágrima que escorria antes que pingasse em seus lábios e apertei seu corpo contra o meu.

Aí começa essa história.

— O que tem a Isabel, Ana? Ontem ela chorou e foi embora, assim, sem se explicar, e me deixou... Me deixou sem palavras. Diga você, que a conhece.

— Eu não sei. Pode ser que você tenha feito algo de errado com ela.

— Por que eu faria algo de errado com ela, ó menina?

Ana deu de ombros e subiu as escadas.

— Isabel? Isabel? — eu a chamava à sua porta.

Um barulho de chaves invadiu a frente da casa e logo ela estava à minha frente, cabelos displicentemente amarrados, olheiras fundas e um copo de bebida nas mãos.

— Carlos?

— Posso entrar?

— Acho melhor não —, respondeu rapidamente. Espera um pouco que já venho.

E fechou a porta. Resolvi sentar nos degraus de entrada de sua casa.

— Carlos? — surge Isabel — vamos dar uma volta?

— O que aconteceu ontem?
— Eu chorei.
— Sim, por quê? Por que me deixou daquele jeito?
— Qual é a pergunta?
— Como?
— O que quer saber?
— Hã?
— Por que eu chorei ou por que eu o deixei?

— Inesperado. Eu não esperava que fosse encontrar alguém de novo tão cedo. Faz só seis meses.
— Só seis meses? Isso já é tempo suficiente!
— Pra quê? Tempo suficiente pra quê?
— Pra não se assustar tanto com o inesperado.
— E como é que você sabe?

Como é que eu sei? Pois é, como é que eu sei? A única coisa que tenho certeza é que não posso mais esperar para vê-la, para beijá-la. Ah! Aqueles beijos!

Meses se passaram e eu resolvi saber mais sobre Isabel. Nunca mais havíamos nos visto, mas eu não conseguia parar de pensar nela. Ficava imaginando-a aqui na minha frente, os lábios sempre quentes e úmidos, receptivos pra mim.

Não podia mais ficar assim.

— Carlos?

Assim que me viu em frente a sua casa, Isabel colou seu corpo ao meu, machucou minha boca com a ferocidade do seu beijo e me fez entrar. Nem pensei no que poderia ter acontecido para tal mudança. Aproveitei. Aproveitei pra passar minhas mãos em seus peitos, e ela, gemendo, deixou. Fui descobrindo seu corpo com as mãos, corpo que já conhecia de tanto olhar. Maravilha...

— Isabel... Isabel...

Agora ela me escutava. Deitado ao seu lado, acariciando seus cabelos, eu escutava sua respiração ainda acelerada.

— Fiquei sabendo que você e Isabel estão juntos — comentou Ana, com trejeitos de desprezo e abafada voracidade.

— Vai fazer cinco meses.

— Nossa! Quem diria que Isabel, depois de tantas paixões malsucedidas, ficaria com mais alguém.

— Paixões vão embora, Ana...

— Hum...

O outro voltou à cidade.

— Eu sei.

— Bom, mas ele só vai importuná-la se ela deixar.

Odeio quando esses impulsos vêm.

Tenho vontade de engolir Isabel, tenho vontade de rasgá-la.

Quero rasgá-la. Eu a quero só pra mim.

— Carlos! Me aperta mais. Ai! Assim! Mais!
Quando vi a cena de fora, percebi que estava quase sufocando Isabel de tanto apertá-la. Ah, como era bom!
Ah, como era louco! Essa mulher ainda vai me deixar perdido.

Na festa de batismo da sobrinha de Isabel, eu já estava alucinado por ela. Ela era indiferente. Mas era minha. Eu podia pegá-la, segurar suas mãos e penetrar em seu corpo. Eu ainda podia fazer isso. Esse desejo aumentava a cada minuto.
Empurrei-a para o jardim da casa, coloquei-a de costas, levantei seu vestido e penetrei em seu corpo. Isabel permitiu, mas soltava gemidos e pedia que eu parasse. Ah! Pra mim, aquilo era um pedido para que eu fosse ainda mais fundo. Ela não queria que eu parasse. Ela queria que eu continuasse mais forte.
— Para! Você está me machucando — ela gritou.
Dei-lhe um tapa na cara.

O que aconteceu? O que foi que eu fiz?
Isabel chorava ao meu lado, eu com a cabeça entre as mãos, sentia-me transtornado. O que eu tinha acabado de fazer? Desculpa, Isabel! Perdoa!
— Acho melhor nos separarmos, Isabel — falei com frieza ao invés de lhe implorar perdão.
Ela parou de chorar no mesmo momento.
— Você não pode fazer isso comigo — e começou a roçar

seu corpo no meu e a me beijar desesperadamente.
Como eu poderia resistir?
Amei-a novamente.

— Você está sumido!
— Hum. Acho que é você quem vem muito por aqui, Ana.
— Que grosseria, Carlos! Você não era assim antes!

Antes? Antes do quê? De conhecer Isabel? Antes de sentir um tremendo prazer quando estou dentro dela? Antes de eu me sentir um completo cafajeste? Antes de me acalmar somente quando eu bebo até desmaiar?

— Meus amigos comentaram que eu estou diferente.
Silêncio.
— E você está diferente, Carlos?
— Ah, Isabel! Eu não sei!
— Eu acho que a gente sempre muda quando está com alguém. E os amigos nunca gostam de mudanças.
— Mas eles nunca ficaram preocupados antes.
— Você está sugerindo que eu esteja fazendo mal a você?
Isabel desatou a chorar.
— Isabel! Isabel! Acalme-se!
Comecei a beijá-la e a segurei forte contra mim. Peguei em sua bunda e a levantei.
O que eu faço? O que estou fazendo? Não devíamos estar conversando?

Perdi-me.
    Perdi-me em seu corpo.
    Mais uma vez.

— Ana. Ei! Ana! Não vai falar comigo?
    Ana arrumou os óculos, olhou bem nos meus olhos, virou-se e continuou a andar.

— Estou sozinho, Isabel. Nem Ana fala mais comigo.
    Dessa vez foi rápido.
    — Sozinho? E eu sou o quê?
    Ana? O que quer com aquela sonsa?
    — Qual é a pergunta?
    — O quê? Tem coragem de imitar o que eu digo? Você não tem mesmo um pingo de personalidade.

Preciso de um calmante. Preciso de um calmante.
    — Preciso de um calmante! — minha voz encheu a casa sem que eu me desse conta de que havia falado em voz alta.
    — Meu filho, o que é isso?
    Não faz isso comigo.
    Não faz isso com você.
    O que essa mulher fez com você?
    Furioso, estourei o copo que estava nas mãos na parede ocre da sala de meus pais.

———————

— Ana, me ajuda! — implorei-lhe segurando seu braço.

— Primeiro me solta! Você está me machucando!

Soltei-a rapidamente, e sentindo-me humilhado, abaixei a cabeça.

— Ana. Estou perdido, Ana. Não sei mais o que fazer!

— Largue essa garota, Carlos!

— Isabel? Não!

— Sou eu quem está perdido. Ela não é a culpada.

— Pode ser, mas do jeito que você vai indo, daqui a pouco alguém sai ferido, ou ela ou você morre. Essa mulher faz mal a você, Carlos!

———————

— Para com isso, Carlos! Toda vez que tenho que ir embora, você faz esse drama. Não vou mais permitir que você me bata.

— Isabel! – gritei doído.

— Não vá! Ou melhor, vá embora. Suma daqui.

Empurrei-a pra fora do apartamento e joguei suas coisas no chão do corredor.

Ela levantou-se e foi saindo.

Segurei-a, implorando que ela não fosse.

— Sai, Carlos, me solta! Eu vou embora dessa vez, de verdade.

Segurei-a e comecei a beijá-la sem parar.

Ela me dava tapas e me empurrava.

Joguei-a pra fora do apartamento e tranquei a porta. Pude vê-la chamando o elevador e dentro de mim fervia. Não! Ela não pode ir! Tenho que resolver isso agora! Ela tem que sair da minha vida!

Destranquei a porta rapidamente com medo de que não desse tempo! Meu Deus! Tem que dar tempo!

— Isabel! Isabel! — gritava com toda a voz que me restava.

Corri ao seu alcance e puxei-a. Fui arrastando seu corpo até entrarmos no apartamento e falei que tínhamos que terminar civilizadamente.

Ela, impassível, aceitou.

Como podia? Não! Ela não podia aceitar!

— Você não pode aceitar — falei perdendo o resto de dignidade que ainda poderia restar.

— Claro que posso.

Ressaca.

Estou acabado.

Vou ligar.

Mas me atormenta a ideia de que não é ela quem está ligando. No fim, eu sei que ela me ama e me prefere. Se não nos falarmos, nossa saudade só vai aumentar e a volta será ainda melhor.

Como no filme.

Tenho certeza de que nos amamos o suficiente para podermos ficar sem nos falar, e mesmo assim voltarmos. Se bem que eu só precisava ter certeza do amor dela, então eu suportaria ficar mais tempo longe.

Mas vou tentar falar com ela na sexta-feira e tudo vai ficar bem.

Meu peito dói quando eu respiro. Desse jeito, apesar de eu ter certeza de que existe amor, nossa relação vai sucumbir. Estamos nos matando. Eu estou morrendo.

Temos que fazer alguma coisa, nós temos.

Estou com medo, medo de tudo. O brilho das coisas está se apagando. Estou com medo. Parece que vou perder. Perdê-la. Perder minha vida.

Raiva.

———————

— Isabel? É o Carlos.
   — Eu sei.
   — Precisamos conversar.
   — Tudo bem.

———————

— Tudo vai mudar, você vai ver. Vou me esforçar. Vou mudar.
   — E eu vou me esforçar pra ficar junto também.

———————

Esforçar-se?

———————

— Isabel... Outro dia você me falou que iria se esforçar pra ficar comigo.
   — Ah, Carlos! Já vai você começar a me cobrar! Logo agora que está tudo bem!
   Tenha dó!
   — Eu não quero cobrar. Só quero entender.
   — Eu nunca falei que iria me esforçar pra ficar com você. Você inventa o que quer! Não tem jeito mesmo de ficar ao seu lado!
   Você vai me enlouquecer!
   Ela começou a gritar

— Você vai me enlouquecer.
Ela foi até a porta.
— Eu vou embora. Não consigo mais falar com você.

Estou acabado.
Outra vez.
Ela está aqui, machucada, em minha cama. Eu também estou desesperado. Estou me sentindo culpado. Mas, Deus, como vou fazer? Não consigo sair disso!

Torpor.
Estou entorpecido.

— Não me deixa, Carlos.
— Não me deixa, Isabel.
— Eu amo você, Carlos. Você vai ser o pai dos meus filhos. Lembra-se?
— Eu não vou deixar você.
— Mas... Não sou só eu que peço pra você ficar, não é Carlos? Você também precisa de mim.
— É claro que eu preciso de você.
— Ah, bom! Senão, fica parecendo que só eu imploro pra você ficar.

— Isabel, vem cá.

Peguei-a no colo e comecei a falar mansamente.

— Me deixa te beijar. Vem cá.

Eu preciso de você.

Isabel...

— Ai, Carlos! Espera aí...

— O que foi, minha Monalisa?

Ela continuava a roçar seu corpo contra o meu. Eu estava completamente seduzido por ela.

— Diga que me ama, Carlos.

— Ué! Minha Monalisa! O que foi que aconteceu?

— Eu só quero saber se você me ama!

— Mas por que essa pergunta agora?

— Quer saber? Deixa quieto.

Silêncio assolador.

Vi Isabel pegar sua bolsa, seu casaco e dirigir-se à porta.

Nada fiz.

— Você não me ama mais.

— Isabel! Como você pode falar uma coisa dessas? Eu larguei tudo pra ficar com você!

— Tá vendo? E eu é que sou a culpada por você ter largado tudo! Eu é que sou a culpada!

Isabel chorava.

Eu percebia que logo agora que Isabel estava se esforçando mais, eu estava fazendo tudo errado.

O jogo estava virando.

O jogo?

Isabel estava tão distante. Ela chorava e era como se esse choro viesse de uma estátua. Uma estátua ao meu lado. Era como se alguém tivesse ligado um rádio mal sintonizado e o barulho não parasse de perturbar.

Quem era essa estátua?

Virei-me, mas ela continuava ali. Aquilo tudo estava me incomodando. Quem diabos era essa estátua ao meu lado? Sai daqui! Sai daqui!

— Sai daqui — escapou-me da mente.

— O quê? — limpando as lágrimas, Isabel perguntava — O que você falou?

— Isabel, me perdoa. Me perdoa.

Por eu ter pensado em deixar você. Isso não vai acontecer nunca mais! Vem aqui!

Mas eu já tinha perdido Isabel.

— Ana? Ana?

— Carlos? O que quer a essa hora?

— Me ajuda, Ana!

Você viu a Isabel?

— Eu? Eu nunca mais a vi. Pensei que ela estivesse com você.

Dias e dias.

Eles têm passado.

Dias e horas se passam.

Tudo tem passado.

E eu fico aqui.

———

Virei uma estátua.

———

Isabel,
 Onde está você?
 Tenho-a procurado, mas ninguém sabe de você. Dois meses vai se completar e eu estou aqui, completamente sozinho.
 Por que é que você não volta?

———

Seis meses, Isabel, seis meses.

———

Sinto que estou perdendo minhas forças.

———

Estou me despedindo de você.
 Já faz dezoito meses.

———

— Minha Monalisa! Minha Monalisa!
 E lá estava ela, os mesmos olhos, atraentes e ausentes, perspicazes e serenos. Ela sempre tinha esse olhar quando as coisas não iam bem, quando estava assolada por uma tristeza inconsolável. Esse olhar me enlouquecia, me deixava vidrado e com vontade de fugir. Pareciam me chamar, me puxar. E era nessas horas que

eu a chamava de "minha Monalisa".

Ah! Mas a realidade havia sido dura.

E lá estava ela, com os cabelos muito loiros, roçando as costas nuas em um vestido longo, com uma garrafa de água em uma mão e o cigarro aceso na outra. Quando será que ela tinha começado a fumar? Será que tinha perdido todo o nojo do cheiro do cigarro? E o cheiro dela, como estaria?

Estava mais magra, os seios mais murchos, mas os lábios sempre cheios e rosados, entreabertos, ouvindo a moça à sua frente falar sem parar. Mas eu a via e enxergava uma ansiedade abafada, os olhos atentos ao nada, perdidos dentro das palavras da moça.

Ela tinha chegado à cidade havia pouco tempo, porém não me telefonou.

Será que havia me esquecido? Será que ainda estava muito machucada? Quase dois anos se passaram e há dois anos estou sem vê-la, sem me confundir em seu corpo e sentir a textura de sua pele. Quantos homens já a teriam amado? Por quantos homens ela teria se apaixonado?

Isabel?

Carlos?

Quem de nós dois está olhando essa plácida cena? Quem de nós dois foi embora? Quem é que estava ali, esperando alguém que nunca mais voltou?

Isabel? Carlos? Qual de minhas partes me possui agora?

PEDAÇOS

— Depois do sexo.
— Hã?
— Depois do sexo você fica assim.
Ela, ao meu lado, segurando sua taça do inseparável Martini, me olhava como se tivesse sido descoberta.
— Você pode ficar distante como se mal me conhecesse; pode ficar de coração partido e chorar; pode ficar assustada e temer até pegar em minha mão. Você pode ficar de todas essas maneiras depois do sexo.
Aurora me olhou nos olhos, depois baixou a cabeça e finalmente falou:
— Como? Diz como eu posso me permitir sentir alguma coisa boa com sexo se foi exatamente assim que quase fiquei arruinada? — e completou em tom de voz baixo, quase inaudível — Se é que não me arruinou completamente.
— Talvez porque você não seja só uma garotinha violentada por alguém em quem confiava. Você, até onde vejo, também é uma mulher com boas recordações.
— Recordações? — ela perguntou irritada — As recordações mais vivas que tenho dentro de mim são daquele hospital, daqueles remédios que me deixavam morta, dessas cicatrizes que tenho. Eu odeio me olhar no espelho, porque, cada vez que olho, não posso deixar de ver essa cicatriz aqui em meu lábio — e puxava o lábio para baixo, como se eu não pudesse enxergar a divisão artificial que agora sua boca desenhava. Ela apontou para outras duas cicatrizes que mais a incomodavam.
Aurora estava agora transtornada. Jogou a taça da bebida que

se espatifou contra a mureta da varanda. Levantou-se e começou a andar de um lado pro outro. Acho que era a primeira vez que ela falava sobre o estupro. Dois anos se passaram e hoje estamos aqui em uma casa de praia e há poucos dias eu a pedi em namoro. Ela aceitou. Estou apaixonado por essa garota.

Ela ainda chorava quando confessou que se sentia muito mal quando experimentava bem-estar.

— Sente-se mal?

— Eu não sei. Se aconteceu o que aconteceu é porque eu estava ali.

— O quê? Acha que a culpa é sua? Existem loucos no mundo, sabia? E aquele maldito é um louco.

Pronto. Havíamos encontrado um nome para o maldito: maldito.

Conhecia Aurora desde nossa infância e nossas famílias se encontravam todos os anos aqui nessa mesma casa na Praia das Águas e eu a chamava de pirralha. Mas desde muito nova era linda. Seus olhos eram tão azuis que era possível perder-se olhando. Parecia que eu me afogaria a cada vez que insistia em olhar aqueles olhos. Ao final da minha adolescência fiz um intercâmbio e nos afastamos completamente. Não vi seu crescimento e só fui reencontrá-la há pouco mais de um mês. Mal acreditei quando a vi. Por um momento entendi por que o maldito perdera a cabeça. Odiei pensar isso.

— Tenho medo de ficar louca de novo — dizia ela, enquanto ameaçava bater em qualquer coisa, inclusive em si mesma — Cada vez que tenho vontade de chorar, quase entro em pânico, porque sempre acho que vou enlouquecer.

Eu não sabia o que dizer. O que dizer a alguém que entra em pânico em sentir alguma coisa? O que dizer a alguém que se desacostumou de sentir sem se dar conta de que está sentindo? Como poderia consolar alguém que falava tão honestamente sobre como era difícil estar viva e sentir?

Ela então se abarcou a mim, colocou seu rosto contra o meu

e eu podia sentir que as lágrimas escorrendo eram como cola para o meu rosto. Gostei daquela sensação. Era como se estivéssemos realmente unidos, porque a cola vinha do corpo dela e eram suas lágrimas.

Aos poucos fui sentindo seu corpo relaxar. Peguei-a no colo, sentei na escadinha em frente à porta de entrada, encostei minhas costas na mureta e deixei que ela descansasse em meu corpo. O tempo foi parando, tudo estava lento e pesado. Não sei quanto tempo se passou, mas fomos despertados pelo irmão de Aurora. Vi todos os cacos no chão e achei prudente reuni-los antes que outras pessoas que gostavam ainda mais de disfarçar que sentiam alguma coisa, sem sentir, fizessem cara de pena, ou cara de que estavam entendendo tudo, ou ainda pior, que tentassem desconversar.

Saí para pegar uma vassoura e pá. Fui surpreendido por Aurora ao meu lado oferecendo ajuda. Com os olhos consenti. Enquanto eu varria, Aurora recolhia. Eu varria, ela reunia, eu varria, ela juntava os cacos. Eu apaguei, ela uniu.

Juntamos tudo em um saco. Senti como se tivéssemos acabado de cometer um crime, e em silêncio, temerosos, embalássemos o corpo para dar fim. Convidei Aurora para irmos ao mar; lá seria um bom lugar para que algo indesejável tivesse seu próprio destino. Lembrei que o mar sempre traz de volta o que um dia já se prendeu a ele, mas sempre o traz sem vida. Já viu o mar trazer para a praia a pessoa amada, com vida, que um dia se perdera em sua imensidão? Eu não. E era com isso que eu contava. Com a minha redenção.

A LÍNGUA DO PÊ

R. e P. parecem não ter nomes próprios. Eles podem até ter, mas há um momento na vida em que os nomes próprios não significam nada, eles são só um pronome de chamamento e, mesmo sendo substituídos por quaisquer outros, vão permanecer com o sentido de que são dois seres tentando dialogar. Tentando, veja bem. Dialogar é uma ilusão, é um ato heróico em que sempre podemos enxergar um mártir. Sei que, ao invés de contribuir para que você acompanhe esse lapso da vida de R. e P., posso estar confundindo ainda mais sua cabeça. Farei uma prévia: R. parece não estar bem. Na verdade está bastante mal, mas ele costuma estar bastante mal, tem dores constantes nas juntas e na cabeça e náuseas que o acompanham como uma música de fundo no elevador. É fato: R. sofre de náuseas crônicas. P., por sua vez, é um cara comum, desses que R. gostaria de ser. É um cara fácil, simétrico e levemente inadequado, somente o suficiente para ser próximo de R. Eles estão tentando conversar sobre o que está se passando com R., que traz em si, novamente, a dor estampada no rosto. Vejamos a tentativa:

R. Não, não é exatamente dor.
P. Mas então o que você sente?
R. Sei onde sinto. É na parte entre o topo da cabeça e a sobrancelha. É uma gaveta que abre e fecha. Quando se fecha, isso que eu sinto cai lá pra dentro de mim e começa a passear pelo meu corpo.
P. Mas eu não vejo nada.
R. Evidente que não. Eu não me coço, então não dá pra ver a ferida. Mas eu sinto a coceira. É isso, uma espécie de dor com

coceira, daquelas que incomodam quando as unhas tentam rasgar a carne, mas incendeiam quando não há dedos para tocá-las.

P. Ah! Isso tudo não faz sentido, eu estava só tentando saber o que você está passando.

R. Quer os fatos? Mas saiba que os fatos terão apenas meu viés.

P. Pois sim, estou a ouvi-los.

R. Aconteceu de novo. Uma daquelas situações em que algo está terminando e parece que sua vida será consumida pouco a pouco até esgotar-se.

P. estava preocupado e parecia realmente querer saber do que se tratava, pois vira R. com a cabeça grande, os olhos arregalados, as rugas que denunciavam não ter dormido. Pois que ele dissesse o que estava acontecendo, sem isso a relação dos dois ficaria insuportável. Costuma ser insuportável quando a realidade de que não conseguimos acessar o outro irrompe assim, de maneira tão nua e crua. É muito desgastante estar com alguém e suportar que não saiba o que está se passando. A realidade pouco importa, queremos ao menos não passar mal diante do outro, diante do holocausto que o outro denuncia. Mas R. estava tentando ser compreendido.

R. Há muito tempo que eu fico nauseado diante dela. Ela fala demais, explica coisas demais e eu tento ser educado e não mandá-la à merda com a chatice toda dela. Eu só quero falar o que eu penso, nada demais.

P. Mas você há de convir que isso é demais, não é nada demais. Imagina se fosse simples assim falar o que se pensa! Aliás... O que você pensa? — perguntou com certa agonia no olhar. Podia ser esse o momento de captar R., saber o que ele pensa da vida e como ele enxerga os fatos.

R. Eu penso que viver é uma bosta.

P. Isso não é verdade. Você não pensa isso.

R. Mas você não me perguntou, porra? Tá vendo? É exatamente isso que acontece: eu quero dizer o que eu penso e não há um asno que queira me escutar.

P. Assim você me agride. Não precisa xingar.

R. E por que não? Como você sabe que não precisa xingar? Eu é que sei se precisa ou não. As palavras saem da minha boca, não da sua. Não estou comprometendo você, meu caro asno — agora apareceu uma pitada de humor em suas palavras.

P. O problema então é com ela? — recomeçou P. tentando encontrar uma porta de entrada.

R. Não, não é com ela. É comigo, certeza. Ela não acha que tem problemas, ela só me enche o saco. Só isso — e vendo no rosto de P. uma expressão indefinida, o provocou — Ah, fala sério, você também não gosta do jeito que ela fala, a língua dela enrolando toda dentro daquela boca minúscula só pra tentar falar com sotaque. Eu me canso de escutá-la. Quem fala uma frase inteira inventando acentos? Já viu como ela é capaz de falar qualquer coisa de um jeito esquisitíssimo? Por que ela tem que colocar acento circunflexo no final de cada palavra? Fala direito, pô!

P. não conseguiu segurar um risinho condescendente. Era mesmo irritante aos ouvidos escutar alguém dançar balé com a língua a fim de se comunicar.

P. Mas escuta, você tava aí todo apaixonado. Disse que a conheceu, gamou, não foi nem pela aparência com o que, segundo diz, você não se importa, mas foi pelo intelecto. Uh! Eu bem sei que isso me pareceu estranho, mas, enfim, se você que é tão inteligente achava isso, quem era eu pra discordar?

R. Mas por que você não me falou nada? Porra, você é meu amigo, cara. Devia ter me alertado. Agora eu tô aqui, sugado e cansado de tanto que ela quer isso, quer aquilo, mudou de ideia, agora pensa isso, pensa assado, acha cozido! Nem consigo mais comer a mulher, porra. Ela é chata demais.

P. Sério? Não consegue mais comer a mulher? — interessou-se P.

R. E que tem isso demais, meu? Vai me dizer que isso nunca aconteceu com você?

P. Não, nunca. Não costumo tentar namorar, por isso desse mal não sofro. Você que é aí todo arrebatado, romântico, acha que a unidade biológica é dois. Eu não, já tô convencido de que cada um é um. Você que tá tentando provar que a matemática tá errada.

R. Eu já expliquei o que eu acho, isso está embasado na teoria psicossocial de MerKentel. Mas isso não importa agora, o fato é que ontem tivemos uma briga daquelas.

P. O que aconteceu? — e se preparava para escutar mais uma das deliciosas histórias de sangue e paixão de R.

R. Já faz um tempo que ela vem com essa história de que tenho que viajar pra casa dos pais dela, que já estamos juntos há quatro meses e na idade em que estamos isso só poderia dar em algo sério. Acho que ela está se referindo a casamento, contratos e filhos, mas nunca tive colhão de perguntar.

P. Mas é obvio que tem a ver com isso — interrompeu, ainda que R. parecesse não ter sido cortado em sua narração.

R. Pois eu sempre dava um jeito de não precisar dizer sim nem não. Pra falar a verdade eu nem sei como eu faço isso – dizer sem dizer. É algo incrível, acho que aprendi com a minha mãe. Ou é genético. Você sabe que minha mãe é uma mentirosa compulsiva, não sabe?

P. apenas fez que sim com a cabeça, evitando atravancar R.

R. Pois então, o tempo foi passando e eu fui conseguindo driblar a zaga com meus súbitos arroubos passionais, até que não deu mais. Sou homem, sabe? Não levo jeito pra engolir. Um pouquinho de merda aqui, outro pouquinho ali até vai. Mas uma colher cheia assim, não aguento.

P. Que foi que ela fez? — perguntou P., acostumado a decifrar os enigmas que R. propunha enquanto falava ao invés de ser claro.

R. Ela disse que precisava me dizer alguma coisa muito séria e marcou um jantar. Ah! Odeio esses julgamentos marcados. Eu nunca vi como mulher gosta disso.

P. fez que sim com a cabeça, sentindo a língua a coçar de vontade de falar sobre o tema. Ele tinha muito a dizer sobre isso. Inclusive aí estava um ótimo motivo pra ele não se amarrar em mulher alguma. Esboçou o começo de uma palavra, mas desistiu quando percebeu que isso poderia alterar o rumo da história, justamente agora que R. estava conseguindo falar alguma coisa que fizesse sentido e que não fosse sobre a porta que existe entre o topo da cabeça e a sobrancelha!

R. Pois cheguei na casa dela pontualmente, como você sabe que gosto, e ela me atendeu, toda doce, toda perfumada. Acho até que tinha arrumado o cabelo, mas eu não saberia dizer isso ao certo. Só consigo perceber se tem alguma coisa diferente quando o cabelo tá deprimente. Fora isso eu não me importo. Mas, você há de convir que mulher tem dessas, né? Gosta de se arrumar pra uma rinha que é uma coisa! Enfim, ela me atendeu e eu percebi que a mesa já tava arrumada. Nossa! Acho mesmo que ela ficou o dia inteiro pensando nesse jantar, quero dizer, nesse julgamento. Ela me ofereceu uma taça de vinho, me mostrou o rótulo, um Crianza 2008 e tratou de tentar me deixar acomodado. Mas é óbvio que aquilo estava me deixando mais desconfortável ainda. Não demorou muito, não queria ficar bêbado antes da batalha, o jantar nem tinha sido servido, e eu perguntei a ela o que me dava a honra de ter sido convidado para uma noite assim.

P. Você perguntou assim?

R. "O que me dá a honra de estar aqui usufruindo de um bom vinho e boa companhia", eu perguntei a ela.

P. Mas você já não estava irritado com ela? Por que falou assim como se estivesse em um idílio?

R. Eu já falei que é genético. Eu minto sem perceber e, quando sai, já não dá mais pra consertar.

P. se deu por satisfeito, pois aí estava uma teoria forte – herdamos o que há de pior em nossos pais. Isso é universal e inexplicável.

R. Ela então se ajeitou no sofá e pareceu preparar a voz. Eu juro que ouvi um hanhan bem baixinho como que pra limpar a voz antes de discursar. Ah! E isso já me irritou! Você sabe como essas coisas me tiram do sério, odeio a impávida tentativa de parecer natural. Ela começou a comer pelas beiradas, começou a dizer que gostava muito de mim, que nossa relação estava se estreitando e que percebia que eu gostava dela, mas que também estava com muito medo. Preciso dizer?

P. Que isso incomodou você? Não precisa.

R. Por que raios alguém coloca palavras na minha boca? Mas escuta só, isso foi apenas o começo. Ela deslanchou a contar tintim por tintim o que eu já havia verbalizado e que era uma demonstração de que, ainda que eu gostasse dela, estava assustado. Arrematou dizendo que eu continuava um covarde por não querer me envolver. Ela disse que uma vez eu falei que admirava muito a postura dela no trabalho, mas em seguida fixei os olhos na janela do quarto. E sabe qual foi a interpretação? Sabe qual foi? — perguntou P. exasperado.

Sem precisar de resposta, continuou:

Ela disse que, depois de cada elogio, depois de cada aproximação, eu fazia um gesto que indicava minha rota de fuga. Credo! Pra que eu pago análise tão caro se tenho uma analista de graça, não? O único problema é que essa se formou em administração, porra!

P. Acho que ela estava brincando — tentou dizer seriamente, como se estivesse em posição de reconciliador.

R. Brincando? Brincando? Você que tá brincando comigo que não acredita em mim. Tô dizendo, essa mina é louca. Pra que você vai defendê-la agora? O que você ganha com isso, pô?

P. ficou quieto, mas olhava com os olhos de quem esperava a continuação da história. R. começava a coçar de leve a testa, coincidentemente ou não, no mesmo lugar que havia anunciado no início da conversa.

R. E como se isso não bastasse, ela desfilou um milhão de cenas esdrúxulas na minha frente, como se estivesse passando um filme sobre a minha vida. Foi nesse momento que eu vi que iria morrer, porque dizem que é isso que acontece antes de morrer. Só que o filme da minha vida tava sem legenda e o idioma era dessa louca, que deve falar javanês ou alguma língua morta, porra. Ela falou, por exemplo, que alguns dias antes, quando estávamos jantando no restaurante Dom Pipo, ela percebeu que eu fiquei um pouco mudo e distante na hora de pagar a conta. Eu até me lembro que essa doida me perguntou naquele dia se eu tinha alguma coisa na hora em que estávamos começando a tentar transar. Eu falei que não. Mas sabe o que ela disse dessa vez, nesse julgamento? Que naquele momento eu estava pesaroso de pagar o jantar e isso indicava que eu estava ficando indiferente a ela. E disse ainda que isso confere, pois não conseguimos transar depois. Mas escuta! Eu não consigo mais transar com ela porque ela me enche o saco! Porque ela é chata! Mas não posso dizer isso a ela. Quer dizer, não podia.

P. O que você fez, R.? — perguntou alarmado e ao mesmo tempo cheio de expectativa de ver sangue — metafórico, é claro — rolando.

R. Eu? Não falei nada naquele momento. Queria deixar um pouco mais em banho-maria até que minha paciência se esgotasse. Queria vê-la tentando dançar balé com aquela língua enrolada imitando sotaque de gente fina até meu limite se acabar. Então ela citou outras inúmeras situações em que eu a deixava em dúvida sobre meus sentimentos. Até por fim chegar aonde queria. Ela é muito manipuladora, sabe? Diz que não quer nada demais, que só está me mostrando o que pensa, enquanto eu tenho que ficar aqui, calado, escutando a madame desfilar com a bunda de fora. Bem, ela chegou aonde queria – foi falar sobre a viagem que não aceitei fazer até agora. Ufa! Mas por fim alguma coisa ela estava percebendo certo! Eu realmente não quero fazer essa viagem! Disse que os pais dela já sabiam a meu respeito e que começavam a cobrar dela a visita que nós faríamos. Porra! Quantos anos ela tem? Quinze? Será que agora eu tenho que pedir a mão dela em namoro? O pior é que não é namoro, né? É casamento direto e reto. Essa mina é louca, eu já disse isso?

P. começava a sumir, inundado pela avalanche de fatos enviesados, mas estava acostumado a essa posição e, a bem da verdade, até se sentia confortável. Enquanto isso, percebia o centro da testa de R. ficando vermelho de tanto que a unha começava a calcar a pele. Pensou em avisá-lo, pois isso o deixava agoniado – o amigo tentando se escalpelar na sua frente. Mas R. estava esbraseado, não era boa hora pra interromper.

R. Bom, daí eu estourei. Daí eu não aguentei. Eu comecei a despejar tudo o que eu acho. Falei que ela ficava me analisando e eu nem a pagava pra isso e que, se fosse possível pagar por alguma coisa, eu pagava por sexo, mas nem pra isso ela tava prestando. Falei que ela ficava tentando me manipular, sempre me convencia a fazer o que eu não queria, e agora, pela primeira vez eu não estava cedendo e ela não tava tolerando. Falei que a companhia dela às vezes era muito inoportuna, porque às vezes eu só queria assistir o jogo do Corinthians e ela ficava tentando conversar. Falei que o cheiro dela me incomodava, principalmente depois que ela tomava café e eu tinha que beijá-la.

P. Caraca, R.! Não acredito que cê falou isso, cara!

R. E por que não? É verdade, porra!

P. Pô, mas ou você mente ou fala sem papas na língua, cara? Isso machuca!

R. Aí é que vem o pior!

P. O quê? Tem pior que isso?

R. Tem, cara. O pior é que ela não se importou. Cê acredita, meu? Não se importou, não. Minto. Ela gostou! Disse que eu tava sendo sincero e isso era bom pra nossa relação. Posso com isso?

P. Cê tá brincando?

R. Não tô. Ela é tão nóia que até isso tava prevendo, até isso ela tem sob domínio. Daí eu fiquei sem chão, não sabia mais o que era verde, o que era vermelho. Ela me confundiu todo! Eu tava era tentando afastá-la o máximo possível e ela nada! Ela ficou mais *fróxima* ainda!

P. percebeu que o amigo enunciara a palavra de forma equivocada. Quis dar risada, mas achou que o assunto começava a ficar sério, principalmente porque P. pareceu não se dar conta do lapso.

P. E daí? Que aconteceu?

R. Daí que começamos a entrar em um tom conciliatório, porque aparentemente ela havia dito todas as verdades a meu respeito e, em troca, tolerava as verdades que eu tinha a dizer sobre ela. Ou seja, ela não parou de tentar manipular um instante sequer. Então estávamos quase tentando acertar a viagem, cê acredita? Ela me deixou tão descorteado que eu comecei a concordar em viajar e conhecer os pais dela! E eu nem tava bêbado, hein? Pô, daí quando a gente tava quase acertando com qual carro iria, dei minha última tacada. Na verdade minha mente tava bolando isso sem que eu percebesse e, quando dei por mim, tava com o xeque-mate na ponta da língua. Eu disse solenemente que tinha uma coisa a mais pra dizer antes da gente se acertar por inteiro e que, se isso não fizesse mal pra nossa relação, poderíamos continuar. Ela deu risadas e disse que nada poderia ser pior do que as coisas que acabávamos de dizer um ao outro. Eu achei que não, mas não tinha muita noção do que estava prestes a dizer. Até achei por um momento que não tinha nada demais em dizer isso, ela realmente não iria se importar, e isso faria com que minha admiração por ela recomeçasse a aparecer. Daí eu disse, cara. Disse que eu teria que pedir uma coisa pra ela. Ela ficou com aquele olhar todo solícito e atraente, como se nada no mundo pudesse feri-la, e daí eu pedi, primeiro humildemente. Pedi se ela poderia tentar não falar com esse sotaque que ela fala. Ela primeiro me perguntou assustada, acho que o coração dela tava na boca, perguntou do que eu estava falando. A que sotaque eu estava me referindo. Eu falei que era esse sotaque dela, oras. Eu vi quando ela começou a ficar inflamada.

P. Meu Deus! Não acredito que você pegou no ponto fraco dela! Como cê teve coragem?

R. Não sei, cara! Saiu assim! Eu falei que minha mente tava me preparando uma peça! *Forra*, e acho que ela realmente não esperava por isso! Mas daí, quando eu percebi que ela tava ficando inflamada, risquei o fósforo, cara! Disse que era aquele sotaque ridículo que ela forçava como se ela pertencesse a uma casta superior, como se ela fosse representante dos reis da breguice. Porque, além de tudo, aquele sotaque era brega, não existia estado ou país que falasse com aquele sotaque. Ela só podia ter inventado aquela merda de acento e era por isso que eu nem queria conhecer os pais dela, que deviam ser da mesma colônia onde reinava a única e mais distante pronúncia capaz de irritar qualquer ser vivo!

P. estava pasmado, grudado na cadeira. Nunca havia visto rinha tão sangrenta. Não conseguiu dizer nada, mas continuou escutando R. falar, agora de um jeito mais estranho. Ele parecia trocar as letras das palavras mais e mais sem se abalar. Deixou estar. Devia ser o calor do momento.

R. *Korra*! Daí sim eu vi a guria prava! Ela ficou completamente ensandecida e depois começou a chorar. Putz, daí cortou meu copação, cara.

Algo não estava bem com R. Além de tudo, ele articulava de um jeito excêntrico, como se estivesse mastigando enquanto falava. Como se estivesse com um chiclete grudado no céu da boca que o impedisse de falar adequadamente. Ele falava e contava como tinha ficado mal de ter pensado tudo aquilo de uma moça tão boa, como tinha se deixado levar pelo ódio e falado coisas sem pensar. P. ainda tentou intervir e disse que aquilo não era verdade, ele há muito se incomodava com a garota e agora estava conseguindo dizer o que pensava. Mas R. continuava a falar de todos os bons requisitos da moçoila, de como ela o tinha alertado contra o ódio que morava dentro dele, dentro de R.

Não dava mais pra negar, R. estava falando de forma bizarra, como se estivesse ficando como a moça, inaugurando um sotaque particular, a que só ele teria acesso e saberia reproduzir. Ele era um estrangeiro! Ou seria P. o estrangeiro? Ao mesmo tempo era como se R. estivesse inebriado por algum som, algum cheiro que o tivesse deixado estúpido e incapaz de discernir uma coisa da outra.

P. começou a ficar realmente assustado, e as falas antes perdidas de R. agora soavam como um alerta: "uma espécie de dor misturada com coceira no meio da testa que empurra alguma coisa pra dentro e começa a tomar conta do corpo inteiro". Isso deveria ser alguma macumba, bruxaria ou qualquer tipo de conspiração feita pela moça. P. continuava mais e mais alarmado e percebia que estava perdendo o amigo, que cada vez mais com a língua dançando salsa dentro da boca, se enrolava para pronunciar as palavras. Agora já se viam alguns pontinhos de sangue na testa de R., que de tanto se coçar parecia um cachorro sarnento. Agora P. enxergava esse lugar. Agora P. via o tal sangue rolar, mas dessa vez não era metafórico. E foi nesse momento que sentiu alguma coisa na própria língua. Uma espécie de formigamento. Não deixou passar nem dez segundos. Pediu licença para ir ao banheiro e disse que voltaria logo. E jura que o "logo" saiu mais parecido com "lôgo". E correu, correu como se não houvesse o amanhã.

GRITOS

Ela parou de sentir cheiros. Dessa vez ela não poderia mais sair correndo pra contar aos pais o que ela tinha experimentado. Degustar um prato belíssimo já não teria o sentido de compartilhar: ela não poderia mais chorar de tanto que necessitava compartilhar a experiência, pois ela já não estava experimentando nada.

A primeira coisa que pensava ao viver uma situação era: "meu pai vai gostar de saber disso". Nesse momento ela parava de viver, transformando-se em um recado para seus pais. Aquilo que ela estava vivendo já não importava mais; o importante era contar aos pais o que ela teria vivido se estivesse vivendo o que estava vivendo naquele momento. Esse pensamento não lhe saía da cabeça. Pra onde quer que olhasse, via seus pais a seu lado, partilhando da sua vida.

E ela sempre duvidou se era verdadeira ou falsa. Sempre tinha a impressão de que não era ela ali. Nunca conheceu a pessoa que era. Quando ia ao encontro dela mesma, a vontade de apresentar aos pais quem iria conhecer era maior. Então ela desistia de conhecer ela mesma e levava ela mesma pra conhecer os seus pais, que coincidentemente eram os pais dela mesma.

Pense em uma situação. Qualquer uma. Pensou? Ela contaria aos pais. Agora pense em outra situação. Tão vergonhosa que não contaria nem a si mesma. Ela contaria aos pais. Tudo o que ela não contava pra ela mesma, ela contava aos pais. Ela pensou na hipótese de só estar pensando que contava tudo aos pais para poder contar aos pais.

Nada pertencia a ela. Ela lutava desesperadamente para uma alma caridosa lhe pertencer. Nem ela pertencia a ela mesma!

Desconfia de que tudo que faça, seja pra mostrar ou não mostrar aos pais. Nada lhe pertence. Ela é ninguém. Ela é ninguém para ter certeza de que é ninguém. Procura desesperadamente por um nome: louca, fraca, estúpida. Qualquer desses nomes a faria humanizar-se. Ela bem que tenta. Sente-se suficientemente culpada a ponto de quase sentir uma dorzinha no corpo que lhe deram. Ela tenta cuidar de seu corpo, mas não o sente, ou melhor, sente que está cuidando de uma borracha. Mesmo sem anestesia ela está anestesiada.

Quem sabe um dia vai ter uma identidade? Está lutando para não morrer agora. Está lutando pra enlouquecer pra não morrer. Quer muito ficar louca, mas tem medo de que os outros cuidem dela e ela morra. Quer muito morrer, mas tem medo de que os outros achem que ela está louca e cuidem dela. Quer ser compreendida, quer que alguém fale: "Ó!" e que isso, esse "Ó!", signifique que ela não precisa mais ser separada dela mesma. Está com saudades dela mesma. Muitas saudades. Tanta saudade que às vezes ela delira que ela exista. Ela tem medo de se encontrar com ela mesma e morrer. Mas sabe que não está viva sem ela mesma. Então, dá na mesma. Ela pode morrer que vai estar morta mesmo. Pode dar certo e ela vai morrer estando viva. Ou pode viver porque não nasceu. Nascer, nasceu, mas é que há muito tempo não se vê. Ela lembra que todos vivem isso, logo ela é ninguém. Todos sentem a mesma coisa, por isso o que ela sente significa nada. Todos têm crise existencial, então a dela é uma crise existencial e foda-se. Ela que vá contar aos pais e eles que fiquem muito tristes de sua filha sofrer e muito felizes por ter uma filha que sente: "Temos orgulho de você", vão dizer. E ela vai acreditar que toda essa mentira que contou é verdade e que é motivo de orgulho. Agora dê dois minutos. Ela volta a achar que fez tudo errado, que é mentira de seus pais. Não pode ser verdade que eles achem o que acham. Na verdade ela é um rato que perambula pelo esgoto, e na verdade seus pais têm nojo dela.

Precisa desesperadamente contar pra alguém. Tenta escolher alguém que não seja nem parecido com seus pais. Então percebe que vai ter que esperar pra que isso aconteça.

    Nesse meio tempo, pensa: devo morrer agora? E lembra-se de que eles lhe diriam: "Pense nisso. Está fugindo". Fugindo dela mesma, completariam. E ela vai pensar que não gosta dela mesma pra estar fugindo dela mesma. Mas ela pode jurar que gosta. Seria tão reconfortante pra ela encontrar ela mesma. Enfim se sentiria em casa.

    Não a casa que seus pais deram a ela. Não a casa em que ela sempre morou. Mas daí pensa que seus pais são tão perfeitos, por que é que vomita? Eles diriam que é inveja da relação deles. Daí ela começa a ver que todos são perfeitos e ninguém vai amá-la porque ela não é imperfeita. Precisa ser o quê, mesmo? Já não sabe mais. Só sabe que precisa contar aos pais que eles lhe deram o dom da palavra e agradecer-lhes por isso. Que vai tentar ser mais obediente ou menos obediente, o que eles disserem. Ou se eles disserem que ela precisa ser mais ela mesma, vai ser. Vai dar um jeito. Existe respeito maior que esse? Seus pais são mesmo maravilhosos, ainda bem que ela os tem, pensa com sarcasmo.

    A partir desse momento ela não sente mais saudade dela mesma, ela sente saudade da casa ou do namorado. Vai para lá ou vai para lá. De qualquer maneira está lá e não aqui. Mas se perceber que está muito lá e que ninguém precisa aguentar, vai vir para cá e dizer que está aqui. Pode até ser que acredite e aja como tal. Por um momento ela é ela mesma. Ah! Enganei vocês! Isso foi uma trégua. Uma régua. Uma égua. Uma ´gua. Um estalido. Mais uma vez se enganou. Tanto que ela já nem se lembra dela mesma. Só pensa na casa ou no namorado. Vive porque pensa assim. Ahá! Vive porque é morta assim. Isso está começando a incomodá-la. Desde que parou de sentir cheiros. Não vai mais conseguir farejar perigo. Precisa de um guia. Pensa em contratar ela mesma. Os outros vão ficar felizes por ela estar sendo ela mesma. O que é ela e o que não é? Tem uma ideia: talvez ela tenha visto ela mesma muitas vezes, mas não reconheceu. Quando perder a visão vai perceber que já era cega, por isso não enxergou ela mesma. Daí ela vai se desculpar por ter passado reto por ela mesma tantas vezes. Mesma coisa com o olfato. Agora que o perdeu, reconhece que nunca teve nariz, por isso não sente cheiro. Daí ela vai poder se desculpar por não sentir mais cheiro, já que nunca sentiu. Ela só vai conseguir sentir, só vai conseguir ver, se ela mesma sentir ou vir.

Tem muito medo de viver e perceber que nunca esteve viva. Que nunca amou, que nunca comeu, que nunca deu risada, que nunca chorou, que nunca sentiu saudade. Ela quer muito encontrar ela mesma sem perder tudo o que ela parece ter. Quer muito que isso tudo que parece ser verdade seja mesmo verdade. E que, quando acordar, ainda não tenha envelhecido tanto a ponto de não dar mais tempo (ela está esperançosa, ou não, hein?). Mas desconfia que o tempo tenha passado. Por isso ela quer muito encontrar ela mesma o mais rápido possível. Gosta tanto do que tem. Ela bem que podia viver, experimentar, compartilhar tudo isso com ela mesma. Ela iria gostar tanto da vida dela mesma.

Ela queria desaparecer por um tempo, mas tem tanto medo de que as pessoas achem que ela desapareceu que não desaparece (ficou realmente com medo). Porque, se ela desaparecer, ela vai desaparecer e não vai suportar ter desaparecido. O tempo podia passar como passa nas veias dela, daí ela não precisaria ficar pra desaparecer. Ela podia desaparecer. E ela teria coragem de deixar tudo para encontrar ela mesma e viver um grande amor. Sua mãe fala que ela é narcisista. Mas o Narciso não pensava só nele? Bem que seu nariz podia escorrer, assim não estaria tão entupido e ela voltaria a sentir cheiros. Bem que ela poderia só pensar nela mesma, assim não pensaria tanto nela mesma. Pensaria nela mesma, mas não só nela mesma. Porque sempre acaba pensando: isso combina com isso, então devo fazer isso. Mas acaba fazendo isso sem fazer isso. Faz isso e acha que existe.

    Pensa que ninguém tem culpa de nada. Logo, se um mais um são dois, ela é responsável por sua vida. Se ninguém é responsável e a vida é dela, resta a ela ser responsável por ela mesma. "Mas cadê essa menina que fugiu?". Fez a malinha e fugiu. Tá andando em volta do quarteirão até hoje. Todo mundo enxerga ela andando e andando sem parar. Só ela que não enxerga ela mesma. Pensa que a rua em frente de casa é perto de casa? Né não. É longe o suficiente pra quem não pode sair de casa. As pernas se alongaram e os braços continuam pequeninos carregando a malinha. Nunca trocou de roupa. Deve cheirar mal. Olha só! Acho que foi assim que ela desconfiou que ela mesma existe: parou de sentir cheiro de tanto que o cheiro cheirou e ela sujou a roupa. Ou *surjou*? Porque quando ela saiu de casa para andar no quarteirão, fugida de casa, era assim que falava.

    Prefere não falar com ninguém e surpreender a todos. Imagina ela chegando com ela mesma? Que bafafá seria! Preferir ela prefere assim, mas sente necessidade de perguntar a alguém se ela prefere assim. Faz uma enquete: média positiva de 5% com margem de erro de 0,3%. OK, então. Ixi! Mas 0,3% não é muito? Pera aí, faz outra enquete e verifica. Se empatar, é isso mesmo, e se não empatar, fica sendo o que eles querem mesmo. Que vai ser o mesmo que ela quer. Ela não vai saber mesmo! Ela está lá andando em volta do quarteirão e não vai saber de nada, nem se ela mesma quiser.

    Saudade? Nem sente mais. Quer mais é fazer o certo. É certo sentir saudade? Você concorda? E você? Concorda? OK. Então é isso.

    Se ela parar de pedir ela vai ter a impressão de que não é ela mesma, essa ela que acha que é ela mesma. Ela não reconhece, dessa forma, a parte que não é ela. Se ela ficar sempre em dúvida de se ela é ela mesma, ela não vai precisar reconhecer se ela é ela mesma. Ficamos, então, elas por elas. Ela fica sendo assim e ela fica sendo assim. As duas são ela. Pena que não se conhecem. Tenho certeza de que se dariam muito bem. Obrigada, um beijo, até logo.

Enquanto ela estiver fazendo as coisas, ela mesma pode descansar, porque vai estar fazendo nada. Fazendo nada já é exagero, pelo menos andando no quarteirão ela vai estar enquanto ela mesma não está. Coitadinha dela, mal sabe o que está fazendo, parece até um robô. O pior é que ninguém programou, logo não é um robô. Volta à estaca zero: é nada. Nem robô, nem humano, mas existe sem ser animado. Só pensa no namorado e quer ser a melhor pessoa do mundo. Vai ver consegue, só não vai conseguir a garantia de que ele goste dela, já que ele parece preferir pessoas autônomas. Serve autêntica? Porque você há de concordar: se existe um ser que, de tanto não ser, é, esse ser só pode ser ela. Quem sabe os anos não passem rápido? Ela está torcendo pra isso, pois, apesar do tempo não passar mesmo passando, tem pouca esperança de um dia vir a ser ela mesma. Até porque ela já pode ser ela mesma. Só não consegue se contentar com isso. Ninguém pode ajudá-la. É só ela ir fazendo, enquanto ela mesma faz nada.

Sente muito medo dos outros estarem presos a ela, por isso tenta ser o mais legal possível para os outros ficarem com ela. Tem muito medo dos outros acharem que ela é chata e monótona por ser só metade, mas reza pra que alguém a ajude a encontrar sua outra metade (ela passou a enxergar a metade dela). Escolheu o namorado. Que ele a escolha e a ampare nos bons e nos maus momentos. Na saúde e na doença, até que a morte os separe. Amém. Mas tem medo de estar fazendo mal pra ele por ter escolhido ele. Tem medo de pressionar demais, porque afinal ele não precisa de alguém feito ela do lado sem estar do lado dele. Que ele a espere chegar. Amém (ela não consegue terminar a prece).

Sabe que não pode depositar todas as fichas em alguém, então que ela encontre ela mesma pra depositar as fichas nela mesma. Por favor, alguém acuda. Traga a faca que o galo é grande.

POR UMA MORTE MENOS ORDINÁRIA

Sentiu novamente um leve sopro de vida. Estava sem comer, bebendo e fumando as dores que nem sabia que tinha. Era só uma condição ingrata e miserável de sentir nada. O remédio ajudara com essa sensação e, enquanto quis escrever, ler ou escutar música, sentiu esse leve sopro de vida. Que com certeza iria embora, assim que a angústia tomasse conta dela. Sua biruta, aquelas que mostram para onde o vento está, era seu pequeno cachorro, já devidamente asseado e alimentado. Pelo menos não precisaria se sentir culpada por algumas horas. Mas ver o cachorrinho assim a tirava do sério: sabia que ele não estava feliz, preferia brincar ou correr ou passear, mas ela não tinha condições. Lembrava-se de que a mãe também fica assim, então, num domingo em que não tinha obrigações, podia beber e dopar-se até não sentir nada. Mas mesmo essa sensação de inexistência durava pouco – logo vinha o sopro de vida. Que a levava adiante em seu incômodo. Porque, juro, o máximo que podia pensar era que sentia um incômodo, desses feito uma cólica abdominal que, com um analgésico, passaria, mas não se toma o analgésico, afinal a dor não está insuportável. Insuportável mesmo era passar da angústia extrema, o medo de dormir, para o nada, o ficar na cama esperando que nada a acordasse do estado de zumbi em que se encontrava. Até comida havia feito. Acabou atendendo ao pedido do irmão, que queria feijão. Mas era feijão preto. Como não tinha, fez feijão branco incrementado com carne de ave e muitos temperos. O irmão elogiou como quase sempre fazia quando percebia que a situação era frágil, porém que podia também ser apenas uma histeria, como muitas outras, que considerara já ter visto na irmã.

O irmão, estava claro há alguns dias, pensava que ela era uma burra sem arremedo. Burra daquelas que não dão um passo sem ser em falso, faz tudo de forma sistemática e submetida. Ouso dizer que ele tinha até as respostas para cada bronca dela, para cada insistência, para cada pedido, prontamente formuladas. Afinal, ela não se aguentava sem emitir uma opinião diante de qualquer coisa. Ela era cheia de opiniões, que tentava não tomar como verdades absolutas, mas as levava a sério, sabendo que eram o que a mantinham representando viver. Não era uma catástrofe, tampouco era prazeroso. Mas ela passava, e tem passado cada vez mais dias pensando, em como morrer. Pensa em pular da janela, mas teme não ser bem sucedida, como viu em algumas manchetes, e ter que conviver com a vergonha do insucesso. Pensa em enfiar uma faca na barriga, mas lembrou-se de que guerreiros sobrevivem a muitas facadas na barriga, se não forem certeiras. Nem medicina havia feito, não saberia qual veia perfurar, quanto de remédio ou morfina teria que ingerir. Sentia-se uma incompetente. Até pra buscar a própria morte. Quanta vergonha! E ainda por cima, ela pedia ajuda! A estranhos, que, sabe-se lá como a consideravam, mas só tinha coragem de pedir ajuda a esses estranhos, que não tinham disponibilidade, então ela continuava solitária. Nesse incômodo. Não muito tempo atrás tinha presenciado uma cena real (não necessariamente verdadeira) que tantas vezes passou em sua vida como cena de pesadelos: a mãe chorando na cama, perguntando como fazia pra morrer. Ela realmente não sabia, cada um tinha que procurar a própria morte a seu gosto. Como ela poderia dizer à mãe que fizesse isso ou aquilo pra tirar a própria vida? Seria patético, ela não saberia responder a uma pergunta dessas. Não se sentia mal em ser cúmplice de tal pergunta, só se sentia absolutamente incapaz de respondê-la. Nem com a sua morte sabia o que fazer, como saberia dizer ao outro, inclusive sendo sua mãe, como tirar a própria vida? Claro que tinha imaginação fértil o suficiente para ficar horas elucubrando sobre as vantagens desse modo ou daquele modo ou ainda daquele outro, mas isso era coisa sua. Só sua. Não dividiria com ninguém. Nem com alguém tão necessitado de morte feito a própria mãe.

 Tinha um sonho secreto de um dia acabar com a vida como um adulto o faz, bebendo, fumando, fazendo um câncer cotidianamente, pois achava um tanto ridículo que agora, com trinta anos de idade, morresse chorando de soluçar. Sabia que isso não matava, só aumentava o desprazer dos outros frente a ela. Mas como iria explicar tamanha vontade de morrer, se de dia funcionava bem, fazia compras, cozinhava, trabalhava um trabalho que requer alma, entrava em embates, amava e odiava como em poucos se vê tal façanha? Nunca saberia explicar se realmente queria morrer ou se somente queria fazer, como alguns se deram o luxo, de estar em seu próprio enterro para julgar a reação de cada ser amado, odiado ou coadjuvante. E sabia que, se entrasse em tal proposta, o preço a ser pago seria muito alto se a vida fosse mais que o sopro que considerava. Estava em maus lençóis... A ajuda que tinha requerido, de um amante que mal ou bem a desejava, não chegava. Chegaria, sempre chega em se tratando dele (que não gostaria de largar o osso em sua frente), mas talvez chegasse em um momento em que ela tivesse de saco cheio, ou pouco disponível ou sem lágrimas para chorar ou sem corpo para doar. Então talvez ela fosse rude como tantas vezes foi e escutasse coisas grosseiras como muitas vezes escutou. Ou talvez escutasse um tom de voz de alento e certa pena. O que definitivamente era muito pior. Isso a enraivecia. Opa! Aí estava o sopro de vida. Ela se alimentava disso, como jocosamente falava sobre o cachorrinho que, quando deprimido, se sentia revigorado ao encontrar um cachorro com o qual podia exclamar seu ódio e capacidade de matá-lo, se fosse solto da coleira que o protegia de sua própria ira.

 A bebida fazia somente um leve efeito de deixá-la capaz de sentir o incômodo menos angustiante a ponto de conseguir expressá-lo. Precisava do álcool assim como uma mãe do filho pra sentir-se abandonada e só. Precisava do cigarro pra certificar-se de que estava matando células boas de seu organismo, assim como um atleta que toma bomba para aumentar sua massa muscular. Precisava ocasionalmente da comida para sentir-se empanturrada como uma mulher que só se acalma com sexo ininterrupto e dilacerante. Mas sim, também há dias em que o foco é a saúde: física, mental, espiritual. Ah! Dá-me vontade de rir! É ridículo, mas acontece, há dias em que ela se cuida impecavelmente, não fuma, bebe a quantidade apropriada de vinho tinto somente para deixar artérias tinindo (risos), exercita-se ao limite de suas fibras musculares se enobrecerem, ama o cãozinho sem tanta dependência, dorme somente com um quartinho de sonífero e não manda mensagens de pedidos de socorro até o sono chegar. É fenomenal! E acorda ainda com disposição pra passar outro dia como esse. Parece muito sério, mas é engraçado em se tratando de uma pessoa tão caótica. Tão dependente. Tão visceral. De vez em quando ela chama essas características de humanas (caos, dependência, vício? Ou visceral?). Cá entre nós, não tenho tanta certeza assim. Pode ser apenas um arremedo da estupidez.

    Não preferia ser outra pessoa com outra história. Não preferia ser pessoa alguma. Já teve esse confuso desejo de que outra história a salvasse do tédio que sentia. Que nada! Conforme os anos iam passando sentia apenas que viver era isso: falar com os mortos sem nem ao menos ter o privilégio de vê-los. Todavia sentia, vez em quando, vontade de ser salva, no entanto temia que, se o resgate chegasse, não soubesse explicar qual era o enrosco: não estava soterrada por lama e uma casa inteira sobre si, não lhe faltava o oxigênio (aliás, tinha aprendido técnicas de respiração que a manteriam viva por alguns minutos a mais), não estava afogando, não estava dopada semi-inconsciente (não tinha colhões de se drogar pesadamente, achava deprimente ao extremo e de difícil acesso), não tinha dores que não tinha superado depois de tempo e tolerância, tinha plano de saúde bem pago pelo pai, não tinha paralisia semidemente... Pedir socorro pelo quê? Ela se sentiria outra vez envergonhada se assim acontecesse. Já disse que ela estava em maus lençóis? Daqueles que foram trocados minutos antes, mas tem-se a nítida sensação de que estão úmidos e sujos. Péssima sensação... Sensação sem volta... Não há como reclamar para a camareira que fez corretamente seu serviço e, se assim o fizer, corre-se o risco de se passar por louca e mimada, daqueles novos-ricos, que nunca tiveram nada muito bom na vida e, quando têm, dão-se ao luxo de reclamar das migalhas soltas somente observadas microscopicamente.

Resta esperar que o dia termine, ou que o dia comece. Tanto faz. Contanto que lhe tire da memória, por algum tempo, momentos tão sem nexo e sem palavras.

REENCONTRO I

Sabia que as coisas tinham que mudar, estava na mesma há muito tempo e isso a consumia sem se dar conta. Era como um câncer que vai comendo o corpo por dentro e só se vê depois de muito tempo quando se resolve dar mais atenção àquela manchinha roxa que apareceu no seio há alguns meses. E quando fica sabendo que é câncer, a revolta chega e a culpa é de alguém: "Por que querem me matar? Por que eu tenho que morrer?". Na verdade, ninguém tem que morrer. Simplesmente morre. Entretanto há mortes que são escolhas. Escolhas feitas muito tempo atrás. Escolhe-se, por exemplo, que não vale a pena se envolver de verdade e é também por isso que se constroem muitas outras coisas. Um câncer, por exemplo.

Então chega a pensar que está salva. Salva? E todas as outras coisas que vêm sem explicação e com todas as medidas? Tem medo de ter-se esquecido de alguma coisa que pode ter lhe acontecido, algo que não se lembrasse, mas que a corroesse. E se a machucaram tão profundamente que um buraco dentro de si ainda precisa ter o sangue estancado?

Fica alerta todos os minutos, por isso não dorme. Como poderia dormir se desconfia que algo esteja acontecendo e não esteja pronta e alerta para ver e se proteger e sobreviver?

O que acontece quando se relaxa? O que acontece? Alguém conte. Conte como se fosse um conto de fadas.

Precisa olhar pra fenda, sente que está sangrando há muito tempo e só agora começa a enxergar a cor do sangue. É que antes confundia esse sangue com o sangue de outros machucados. Quando sangrava muito, costumava dizer: "Devo ter batido ontem quando estava saindo", mas nunca tinha certeza e algo dizia que na verdade não sabia onde tinha se machucado. As coisas estavam na mesma há muito tempo.

Para quem vai olhar dentro de si? Quem de dentro está querendo boicotar? Quem de dentro ama de verdade? Será que existe isso?

Não deve existir isso. Nem sei se tudo isso que escrevi existe dentro de mim. Desconfio que seja tudo falso, porque não escrevi para mim mesma, escrevi pensando em você.

REENCONTRO II

Bom regressar a mim. Por momentos alucinei que eu era ele. E me desesperei pensando que não me queria. A desesperança me comeu enquanto eu era ele dentro de mim. Não iria mais querer me ver, não iria mais me movimentar. Tudo ficou despedaçado. E fiquei muito dolorida para tentar levantar. Enquanto alucinava a dor acreditei que sabia do futuro, da eternidade. Quis penitenciar, controlar meu corpo. Fiz a fome passar. Fiquei um dia sem comer. Fiz a dor passar. Fiquei um dia sem sentir alucinando sentir. Então fiquei com medo do que minha piedade poderia fazer e, ao invés de chorar baixo, chorei alto. Assim alguém poderia ouvir.

Ainda agora tenho que fazer um esforço quase sobre--humano para me lembrar que sou eu. Que fui eu em muitos momentos sem ser o outro. Para isso preciso resgatar minha capacidade de esperar, resgatar minha capacidade de perceber que não sei, e isso me assusta. Como posso não saber, vivendo num mundo tão grande dentro de mim? Fico com medo de saber e não saber disso. Fico com medo de não saber e saber disso.

Quem sou eu? Posso confiar que não sou o outro? Posso mesmo esperar e não morrer?

Percebo que a espera é sempre pela espera. Uma espera leva a outra. Achava que esperava por algo, mas esse algo nunca chega, sempre vou esperar pela espera.

Os momentos em que enlouqueço não são de todo ruim, encontro a certeza nesses momentos. E como é reconfortante. E como é difícil reescolher pela espera. A espera não traz nada!

Então, nesses momentos me pergunto quem sou eu. Que

parte de mim optou mais uma vez por esperar o que nunca vai chegar? Não seria essa a parte mais insana de mim mesma?

UMA CONFISSÃO

O que vem me assolar chega antes que eu olhe para o relógio, chega antes de perceber a posição do sol no céu, mas, quando olho no relógio, ele marca sempre 16 horas, quando olho para o sol, ele está sempre se preparando para iniciar a caminhada para a invisibilidade.

De fato, não saberia dizer o que bate à porta de dentro de mim nesse momento, mas temo que, ao abrir a boca para pronunciar alguma palavra, saia um lamento de dor ou soluços de desespero (e me surpreendo sempre que isso nunca aconteça).

E veja só você: o dia (ou seria eu?) pode estar austero, sereno, alegre, cinzento... Não importa. É nesse horário, todos os dias, que a solidão me assola. E me toma de forma imprevisível, mesmo que eu saiba de sua visita que nunca falha.

Comecei a perceber isso mais claramente quando mudei da casa de meus pais para morar em outra cidade sozinha. E eu, muitas vezes, esgotada, aguardava quando o relógio marcaria dezesseis horas e o sol não estivesse mais a pino. E nesse momento tudo o que eu queria era inexistir, porque até os mortos me pareciam mais solitários nesse momento: lembrava-me de meus mortos e de como eles estariam ao ver os próprios corpos jazendo num horário tão fúnebre feito esse.

E me dei conta de que essa conjuntura sempre existiu – esse horário, essa solidão, essa posição de sol, essa tristeza inconsolável... Como se alguma vez em minha vida remota, algo houvesse acontecido e o relógio quebrara exatamente às dezesseis horas, marcando para sempre algum buraco, alguma ferida.

(Sim, tenho consciência de que isto pode ser apenas alguma historinha criada às pressas para inventar algum sentido para esse horário, essa solidão, essa posição de sol, essa tristeza inconsolável.)

Temo (e quase aceito) que será assim por todos os dias em que eu viver. E temo (e custo a aceitar) que, nesses momentos, eu não consiga estar com ninguém: agradeço por estar sozinha nas horas em que me dou conta tão brutalmente dessa minha condição, pois até vergonha eu experimento de me sentir assim tão sozinha, tão triste e tão vulnerável.

EM UMA, DUAS VIDAS

Hoje consigo me lembrar de você. Agora, depois de tantos anos que você se foi, consigo me lembrar: do seu rosto, não só dos olhos; da sua mão, não só dos dedos; do seu corpo, não só dos braços. Isso aconteceu depois que me apaixonei novamente. Todos esses anos, querendo me lembrar de você, apenas me distanciei. Tudo eu fazia para que pudesse homenageá-lo: cozinhava o macarrão que gostava de comer, passava o perfume que adorava sentir em mim, vestia o vestido que o fazia desejar-me... Não queria ninguém ao meu lado, pois achava que assim eu o esqueceria, achava que assim eu deixaria de sentir o que me deixou quando partiu. Não podia me imaginar sem sentir o amor por você, o coração disparado quando brigávamos, a raiva quando não me ouvia, o alívio em ser sua por um momento mágico. Passei, todos esses anos depois da sua partida, cultivando um santuário: sozinha, eu e você, continuaríamos nosso amor. E eu, aqui nessa vida, iria ser a responsável por nosso amor permanecer vivo. E você me esperaria do outro lado. Eu continuaria a viver nosso amor aqui, como um cão fiel que aguarda o retorno de seu amo.

    E eu, durante todos esses anos cultivando esse amor, sozinha, me desesperava. Porque por mais que eu fizesse uma prece diária por você, não sentia mais nada do que eu sentia quando estávamos juntos. Amargava todos os dias a dor fulminante da sua falta. Eu fazia de tudo para me lembrar que um dia você esteve aqui – repetia palavras suas, falava com as pessoas sobre sua ausência, olhava secretamente a sua fotografia que carrego no sutiã... Mas nada disso adiantava. Você estava muito longe de dentro de mim e era penoso tolerar o silêncio que você havia deixado.

Foi quando me apaixonei. Foi quando me apaixonei por outro homem que pude redescobri-lo dentro de mim. Quando senti novamente o amor, agora por outra pessoa, pude sentir o amor que devotava a você. Foi quando amei novamente que consegui tolerar o seu silêncio e amá-lo mesmo assim. E amá-lo assim.

REENCONTRO III

Tudo tem um fim. É por isso que choro agora. Por minhas vidas passadas dentro dessa única vida que conheço. Tantos momentos em que eu morreria para que não terminassem; tantos momentos que se não terminassem eu não viveria esse agora.

Choro porque esse momento também vai terminar. Não sei o que virá. Suponho que haverá vida, mas agora só vejo o fim. Pode ser que melhores momentos venham, mas eu choro por esse choro de saudade. Por um instante desejo que tudo fique assim: eu em companhia da minha face que chora pelo que está perdendo.

O fim se aproxima antes que ele chegue. A dor vem antes, segundos antes, minutos antes, horas antes. Por que estou tão lúcida sobre o fim? Quero estar sozinha agora, desse jeito que estou. Podendo estar, mas ficando. Podendo ser, mas ficando. Talvez por antever o fim. Não sei o que virá depois.

Foi-se.

Tirei uma foto do meu rosto com as lágrimas ainda secando. Foi a maneira que tive de guardar esse momento feliz: quando eu me findei antes do fenecimento. Agora posso ficar sozinha até o outro encontro. Se houver outro encontro.

Pela beleza. É a beleza desse momento que me faz ver o fim.

FATAL NASCEDOURO

Há dez anos ela se foi. Mas em meu sonho ela ainda estava ali, deitada em uma maca, com agulhas nos pulsos e costas das mãos, apertadas por esparadrapos, à margem da grande janela que havia em minha casa de infância.

Mas a cena era pequena. Eu conseguia ver seu rosto e suas ossudas mãos apertando minha cabeça contra o peito que outrora havia existido ali. Ela parecia não estar se dando conta de que estava repuxando todos os fios que a conectavam às máquinas.

Quanto a mim, não saberia dizer se lá estava a menininha de onze anos ou a garota de vinte e um. As lágrimas inundavam meu rosto de tal maneira que deixaria turva a visão de qualquer um que quisesse me reconhecer. Eu era os olhos do outro.

O fato é que ela ainda estava viva, por isso digo que essa cena se passava há dez anos. Mas eu falava com ela do alto dos meus vinte anos:

"Por favor, não se vá! Não sabe o quanto vai ser difícil viver sem você!"

"Calma, minha querida."

"Eu sei do que estou falando. Vou precisar de você em vários momentos e não vou conseguir alcançá-la. Por favor, não morra!"

"Sabe que não tem jeito", agora ela dizia chorando, "tarde demais pra fazer essa escolha."

"Mas por que você vai morrer?! Não me deixe!"

"Eu não sabia que seria assim."

"Eu ainda vou crescer, você não vai estar aqui, e vou precisar de você. Tantos momentos em que você poderia estar do meu lado e não vai estar! Vou precisar de você. Por favor, não morra, ainda que eu pareça muito individualista!"

Ela me apertava forte contra o peito decepado. Às vezes nos olhávamos, ela acariciava meu rosto com pressa e eu o dela, com a mesma pressa. Nossas lágrimas se confundiam. Sabíamos que ela partiria muito em breve. A cena estava encolhendo. Ela iria em pouco tempo. Eu tinha que fazer alguma proposta pra ela ficar, um pacto, qualquer coisa! E rápido. Porque a cena se encolhia mais e mais e eu a estava perdendo até dos meus sonhos.

Contudo, sabíamos que não tinha mais jeito. Ela estava condenada pelas próprias escolhas passadas. E eu estava tendo a oportunidade única de lhe contar como havia sido difícil sem ela. Imaginava outros anos que viriam sem ela. Iriam ser difíceis também e eu nunca poderia simplesmente ligar pra ela quando precisasse.

"Pensa rápido", me ordenei, "pensa porque a cena está muito pequena". Nesse momento eu passei a enxergar só parte do meu cabelo enterrado nas mãos delas ligadas àquela máquina de quimioterapia. "Mas pra quê quimioterapia? Só a faria sofrer mais. O inevitável estava próximo". Até que finalmente saíram da minha boca palavras inundadas de esperança:

"Dou metade da minha vida pra você! Trinta anos pra mim, trinta pra você!"

Aquilo sim era uma boa proposta. Vi em seus olhos que talvez ela pudesse aceitar! Mas foi só por um segundo. Ela balançou a cabeça numa negação inconsolável. Agora a cena havia aumentado de tamanho. Ela balançava a cabeça e ninava a minha em um agradecimento mudo.

"Não, querida. Esses anos são seus."

"Mas, olha só, eu morro com 51 anos e você com 71. E eu não fico mais sem você! Por favor, aceite metade da minha vida."

Mas já não dava mais tempo, a cena se encolhera a tal ponto que tudo ficou escuro. Iria ficar com todos os anos para mim e sem ela. E o que eu faço com tantos anos pela frente sem nem ao menos tê-la por perto? Que mágoa! Agora, a única coisa que tenho é o que restou dela em mim... O som da minha voz quando se parece com o dela, a sobrancelha esquerda levantada quando fico indignada, o dedo indicador que coça o pescoço quando estou intrigada. Mas eu juro, se eu tivesse outra chance, ainda assim doaria meus anos de vida a ela. Todavia, agora o tempo está passando e eu teria menos pra dividir. Ainda assim, posso sentir, o encontro vale mais a pena que a solidão.

OS DISSIDENTES

Tenho certo apreço pelos desistentes. Na verdade, tenho muito apreço por eles, mais do que os que ficam lutando pela vida, mais do que os que dizem que a vida é curta. Não acho. Acho a vida longa demais. Os que já desistiram, os que ficam perambulando por aí ou os que se embrulham no edredom, se assim os tem, são mais verdadeiros, não precisam forjar risos nem luta, não precisam dissimular força. Esses sabem que estamos todos condenados de uma forma ou de outra. Eles sabem que estar aqui é obra do acaso e da imprecisão.
    Ela veio me pedir que a deixasse em paz mas, quando eu digo que não, não deixo enquanto ela vier me procurar, ela chora e diz que sente muito medo. Eu digo que estou ali ao lado dela, mesmo que eu não acredite que isso mude alguma coisa. O que é alguém ao lado de um desistente senão um delírio trêmulo e passageiro? Sei que no momento em que ela ficar sozinha por um tempo, e isso fatalmente acontecerá, pois tenho que ir ao banheiro e alimentar meus pássaros, ela sentirá tudo da mesma forma e intensidade, a mesma tristeza e desespero como se eu nunca tivesse estado ali. Ela voltará a sentir, e talvez com mais força ainda, que não deveria ter nascido e que não deveria ter sobrevivido. E como dizer que ela está errada? Como eu poderia dizer isso a ela? Ela sente isso com o próprio corpo, o corpo definha, o corpo é esquelético, os ossos são como pinturas saltadas na pele alvíssima e os olhos ficam cada vez mais grandes que bonitos, mas ficam enormes no rosto que vai diminuindo, no rosto que vai virando um triangulinho feito de pele e osso. Às vezes ela parece uma estampa da parede contra a qual está sentada. Parece um decalque mal feito e prestes a desaparecer.

Os desistentes merecem meu respeito: eles abriram os olhos ao nascerem. Só os que, avisados ou não, resistiram à tentação de abrir os olhos ao virem à luz é que conseguiram tocar a vida: chorar, balbuciar, pronunciar, andar, pegar, chutar, chorar, arrancar, destruir, penalizar, matar, morrer, acordar, babar, gozar, reproduzir, repetir, repetir e repetir. Esses são os que vivem seus sessenta, setenta, oitenta, quiçá cem anos e poucos. Esses são os feitos de pedra, os que não desistiram por sempre resistirem à tentação de abrir os olhos. Bravos guerreiros. Os que desistiram, não, nunca guerrearam, perceberam que a guerra já era comprada, marcada, não quiseram se impor frente a um espetáculo tão caracterizado. Não quiseram brigar briga de cachorro grande. Sabem que são pequeníssimos. Sabem que não têm cacife pra enfrentar o tamanho da vida.

Ela ainda volta. Eu me pergunto o porquê. Judiação, ela não consegue abrir mão do fio que a conduz. Terrível essa situação em que estamos presos à vida por pura humanidade, dessas que os desistentes carregam em si como um cancro. Eu digo a ela que vamos repensar passo a passo sua estreia na vida. Ela parece, por um instante, esboçar alegria. Que se esvai assim que ela me diz, e eu respondo doída que nada posso fazer, que sua melhor estreia seria sumir no mapa, seria se transformar em um pontinho no meio das mentiras dos mapas. O que fazer frente alguém que sentiria respeito por si mesma apenas se pudesse conceber sua desaparição? O que eu faço com minha vontade de me desintegrar por inteira? Se eu concordar com essa moça, terei que abrir mão do meio olho que ainda me resta fechado e sumir no mapa com ela.

Os desistentes têm várias formas: dia desses eu cruzei com um deitado no frio da manhã da cidade grande sob o cobertor que a prefeitura distribui nos albergues. Achei estranho que ele não estava todo enrodilhado pelo cobertor. Devia estar completamente bêbado pra não sentir o frio enregelante. Estava tentando tirar uma folhinha caída de sua mãe árvore pela vicissitude do mês de outono. Achei surpreendente que, deitado ao chão imundo e cuspido da cidade, ele estivesse tentando limpar seu cobertor. Fazia um esforço hercúleo pra manter seu tronco levemente arqueado, a fim de ter uma das mãos livres para fazer o serviço, quando colheu meu olhar. Não titubeou e me enviou um bom dia, pousou a mão no coração e, sabendo que tinha minha atenção por aqueles míseros segundos, me agradeceu. Abanei a mão quando o sinal abriu e eu tive que partir. Depois percebi que quem buscava um olhar era eu, fugida do mundo em que ainda não tive coragem de habitar junto dos desistentes. Ele soube que eu pertenço àquele mundo.

Ela sempre chega sorrindo. Pode ser um sorriso de extremo desalento, pode ser um sorriso algo de esperança. Judiação, ela acordou sem sonhos e imagina que pode viver assim, congelada no seu mundo de renúncia que ninguém do mundo dos vivos e saudáveis irá assombrá-la. Mas não resta muito tempo e os vivos a assombram. Os seres animados querem que ela viva, que ela seja feliz e tenha sucesso. Sua paz não durará muito tempo. Ela logo terá que voltar a brigar com sua natureza, que só quer dormir ao relento e chorar sem precisar limpar o nariz que escorre enquanto agoniza. Ela logo terá que dizer a essa parte que ela está errada, ela tem que usufruir da vida, ela tem que apreciar a vida. Que lástima! Como digo a ela que sou uma desistente disfarçada? Mando um ou outro sinal de que sou da mesma família que ela, todavia ela só entende que sou uma desistente curada: uma desistente que passou a amar a vida e seus bens, uma desistente que, outrora carcomida pela doença da vida, agora luta com unhas e dentes por cada nesga de existência. Não. Não sou. Sou da mesma linhagem que ela. Eu abri os olhos antes de nascer. Nasci e olhei o que não devia.

Os desistentes costumam ter uma aparência distinta dos que correm soltos pela vida, dos que têm a vida inteira para viajar, amar, criar, transar, ganhar, perder, levantar. Eles podem ser fétidos, eles podem ser molambentos, eles podem não ter dentes, podem ter a cauda arrancada, mas também podem ser bonitos, uma beleza lânguida, uma beleza sanguínea, podem andar por aí entre os vivos e não chamarem a atenção de pronto. Salvo se alguém mais sensível se der conta de que há algo que cheira à madeira, ou à água. Sim, os desistentes cheiram à água. Meu nariz funciona involuntariamente. Ele fareja sem que eu o ordene, por isso acabo encontrando os desistentes. Aliás, ele é bastante desobediente, não pode ver algo, alguém, alguma coisa passar que já começa a funcionar: procura a pele perdida que me abandonou me deixando à mercê da vida. Acabei ficando só, sem a minha origem. Eu me perdi do meu tronco, mas o encontro quando cruzo os olhos com os renunciadores. Eu encontro minha perdição quando visito as ruínas e as ruas dos mortos. Lá está a minha casa.

 Ela tem chegado e tenho tido a impressão de que posso acabar sucumbindo aos seus chamados. Talvez eu vá voar com meus pássaros que desaparecem durante a noite e ressurgem feitos fênix nos primeiros raios do dia. Ela me diz que não serve pra nada. Sim, é verdade. Ela serve pra mais nada. Ela ficaria aqui ao meu lado ou ficaria deitada em um pátio cercada de abutres e dementes que nada mudaria sua condição. Ela só quer não precisar mais interpretar papel algum, só quer ter paz, só quer descansar, precisa descansar. É verdade. Ela está cansada demais. Judiação, não aguenta mais disfarçar que sua mente não lhe pertence e seu corpo está combalido. Quer fixar raízes no concreto da cidade, virar estátua ou poste pros cachorros fazerem xixi. Para isso ela pode servir. Eu ainda tento dizer que não, não pode ser verdade, se nascemos é pra vivermos. Mas minha voz sai trêmula, minha voz sai sem força. Limpo a garganta, como se esse fosse o caso, e tento refazer meu resgate: digo que a amo, que eu me importo com ela, que ela tente viver por mim. Que jogo baixo... Mas eu juro que a amo. Não quero deixá-la ir, seria uma prova muito contundente de que a vida é nada.

Os meus desistentes são como bolhas no ar, aparecem e desaparecem para mim como personagens de um conto esquecido: são os pombos esmagados por carros das gentes saudáveis que não podem perder um segundo na vida, são os pássaros verdinhos que vêm buscar comida nas árvores e encontram os potinhos vazios pois sua ama ainda dorme, são os mendigos que batem à porta pedindo café, só café, são as crianças que, pedindo atenção, são caladas pela indiferença, são os cães que apanham por não cumprirem a ordem dos seus donos, são as calçadas que recebem lixos de toda sorte espalhadas por seus corpos prostituídos e cansados, são os saquinhos plásticos que, atropelados por sapatos e pneus, poderiam abrigar algo, alguma coisa ou alguém vivos, são os gatos que têm os rabos cortados e as peles queimadas, são as mulheres violadas por terem um sexo preso no meio das pernas, são os loucos que não têm lugar pra ocupar em terra de semi-deuses, são as árvores que têm seus galhos amputados de forma grotesca pela mão humana, são os doentes que não conseguem se coçar, são os velhos que morrem por negligência, são as dores do jovem que não sabe pra onde ir, são o choro do homem que foi roubado, encurralado e desovado em um lugar qualquer longe da sua pátria, são o abandono que acompanham a mulher traída que acaba de perder seu bichinho de estimação, são a vontade do moço que tentou amar a mulher intolerante com seus desatinos e sucumbiu à realidade da solidão, são a comida dos restaurantes jogadas no lixo ao invés de alimentar quem morre de fome.

São todos eles eu, moram todos eles no meu corpo que queima de febre, na cabeça que lateja de dor, no estômago ferido por qualquer alimento, no coração que palpita, nos olhos que choram, nas mãos que tremem de ódio, na garganta que regurgita de desespero. Eu sou todos eles. Sou quem desistiu mas, por submissão ao fio da vida, ainda persiste. Mas vou perecer. E isso será um bálsamo para as feridas que nunca cicatrizam. Sinto, contudo, que nem o bálsamo sentirei, ocupada que estarei agonizando as dores da partida.

SUSSURROS

FRAGMENTOS DE UMA CENA DE AMOR

Quando ele apareceu, ela não estava esperando. Estava em uma sala ao lado fazendo alguma coisa importante.

Assim que o viu, seu coração não disparou; manteve o mesmo batimento firme. Faz um mês, pelo menos, que se conhecem. Que se conhecem, não, seria errado assumir isso, vamos ficar com: "Faz um mês que se encontram". Pouquíssimos dias atrás deram o primeiro passo para esse tal conhecer-se. E agora ele estava lá.

Bem bonito ele é. Muito bonito, na verdade. (E não pode deixar de dizer "na verdade", como se fosse necessário diferenciar entre o que é sério e o que é dito à toa, como se essa diferença fosse suficiente.) Eles se enxergam de falas, assim, soltas, que um diz pra uma pessoa, e o outro está lá e, sem perceber que estava prestando atenção, escuta.

Começaram a dizer palavras um para o outro nesse dia – ele chegou e ela estava fazendo algo importante na sala ao lado. Mas ela não acredita mais em palavras, porque percebeu que no momento em que são ditas revelam que o tempo passou. Palavras, ela começou a pensar, parece que são o cheiro das flores que enfeitam o caixão de um morto. Elas só podem ser faladas quando o que representam não está mais lá.

E não podemos dizer que ela é medrosa. Não, não estaríamos sendo justos com ela. Ela não tem medo das palavras; só não acredita mais nelas, exatamente porque elas nunca estão no presente. Elas estão sempre atrasadas.

Digo tudo isso para que você não vá pensar que essa mulher pode ficar simplesmente desesperada e medrosa depois da história que vou contar.

Para fins de entendimento vou tentar manter minha narração neste dia – o dia em que ele chegou e ela estava fazendo algo importante na sala ao lado.

Poucos minutos depois ela apareceu também. Ele não foi o primeiro que ela cumprimentou. Foi o amigo dele (que pode passar a ser amigo dela também, exceto ele, que não pode passar a ser amigo dela). Ele estava de costas, entrando na sala ao lado daquela em que ela estava quando ele apareceu e, quando ouviu a voz dela, virou-se para beijá-la no rosto.

É impossível saber o que se passava na cabeça dele durante toda aquela noite. E melhor não tentar adivinhar, senã, teremos mais coisas mortas – as palavras minhas e as dele. Vamos ficar com os fatos. O que aconteceu com ela.

O caso é que passaram a noite bebendo uma bebida doce que tinha no nome a palavra hipnose. Eles já estavam preparados para isso – pouquíssimos dias antes haviam combinado de se encontrar nesse dia, com a intenção de se embebedarem e se hipnotizarem.

E assim se deu. Mas volto a chamar a atenção! Não foi a bebida que os hipnotizou. Eles já estavam hipnotizados um pelo outro naquele dia. Digo isso não por tentar adivinhar o que estava se passando na cabeça de cada um deles, mas pelas próprias evidências. Quando ela falava, ele parava de fazer qualquer coisa – comer, beber, sorrir, arrumar os óculos, mexer as pernas –, ele só prestava atenção nela – no rosto dela, na expressão dos olhos dela, nos lábios dela que se mexiam na ocasião em que estava matando momentos com as palavras.

Quando ele falava, um leve sorriso no rosto dela se abria. Leve porque só os apaixonados perceberiam tamanha sutileza de uma boca se abrindo pra receber o hálito que a respiração do outro, entrecortada por palavras, emana.

Ah! Esqueci-me de dizer que ela também é bonita. Mas ouso dizer que não era por isso que ele estava hipnotizado.

Então houve um momento em que ela pareceu querer muito tocá-lo. Ele estava sentado nem ao seu lado, nem à sua frente. Mesmo com esse obstáculo, ela, tomada pela urgência em sentir a pele dele, e ao mesmo tempo desenfeitiçá-lo, mexeu seu corpo a ponto de conseguir pegar rapidamente nos dedos dele. As palavras que estavam sendo ditas naquele momento não importam, vamos nos ater aos atos.

Assim ela foi tentar ligar o rádio pra que todos naquele quintalzinho pudessem escutar palavras que só podiam se revelar, se alguém fosse capaz de ouvir, entre sons e melodias, a tristeza estampada em um momento eternizado nos versos de uma música, exatamente por sempre trazer algo que já passou.

Que momento esse! Ele agachou-se atrás dela e, com o corpo muito próximo, tentava ajudá-la a encontrar a estação de rádio ideal. Esse momento foi tão sedutor que só de lembrar-se, veias pulsam dentro dela, bombardeando sangue a esmo, com caminho definido, mas sem saber por quê.

Deixe-me explicar: ela estava ajoelhada, com os pés displicentemente de lado, fazendo apoio para seu próprio corpo. Ele estava agachado, muito próximo, mas não colado, com os joelhos que podiam servir de apoio para ela (mas ela não os usou). O rosto dele parecia ter vida independente do resto do corpo – ficava muito próximo à nuca e à boca dela quando ela se virava rindo, falando qualquer coisa – mas não a beijava. Digo que parecia ter vida própria, porque, se o rosto dele, naquele momento, fosse dependente do resto do corpo, com certeza já teria beijado com sofreguidão a boca dela.

E era exatamente esse despropósito que tornava a cena tão sedutora; ele não precisava ajudá-la, mas estava ali; ele estava próximo, mas não colado; ele podia beijá-la, mas não o fazia.

Devo confessar uma coisa: considero esse beijo não beijado o primeiro beijo deles.

Depois disso, palavras que carregavam momentos mortos foram faladas para preencher buracos que não existiam. Ele usava frases que ela havia dito – "o presente é a única coisa que realmente existe" – para se justificar a si mesmo e para explicar a ela que, após aquele momento, ele não precisaria se responsabilizar por um presente que, no minuto seguinte, estaria morto. Digo isso, porque, cá entre nós, ele parecia desejá-la demais, e ela parecia desejá-lo muito, porém a satisfação que estava prestes a acontecer poderia enterrar de vez qualquer tempo de amor como um simples indigente – sem lápide e sem nome. Somente como um fragmento.

O que se seguiu, então, foi satisfação. Talvez os corpos deles é que se satisfaziam, mas dentro, por dentro dos corpos, armava-se algo que mais parecia uma bomba perigosa – perigo da paixão, perigo do amor, perigo da separação. Bem, ao menos dentro do corpo dela. Não podemos deixar de nos ater aos fatos.

Ela ainda tentou contestar quando os dois que não eram os dois resolveram deixá-los a sós. Falou qualquer coisa sobre ele ir também – que ele deveria ir, ela ficaria lá. Sem ele. Mas algo não calhou e os dois ficaram sozinhos.

E se beijaram. E sorriam. E diziam palavras como se fosse a coisa mais simples do mundo estarem ali, daquela maneira.

E ficaram ali por algum tempo – como se tudo fosse parte de um único momento. Lembro-me de que ela chorou, por antever, a cada fragmento de amor, uma separação. Minisseparações que se davam assim que o segundo passava.

Ele, por sua vez, pareceu não se assustar: pareciam um, ela as lágrimas, ele os olhos que choravam. Ela, o corpo, ele, a alma que penetrava.

Sinto ter que desapontá-lo, leitor em segredo, pois não escreverei mais palavra sobre o que aconteceu, salvo essas últimas de breve explicação por minha abrupta despedida. E isso não porque quero mantê-lo afastado das delícias da carne e dos prazeres da comunhão de dois amantes, mas porque não há mais nada a ser dito sobre esse momento.

Palavras não alcançariam o que aconteceu nas horas daquela noite. Prefiro a incerteza do que aconteceu à morte de algo que pode nem ter nascido.

MONÓLOGO

"Escolhe, escolhe um padrão de comportamento e mantenha!", ele quase falava em voz alta, tentando acalmar-se em meio a um turbilhão.

"Quem diria? Faz quase um ano que não a vejo... Aposto que ela vai estar de vestido. Ela sempre está de vestido. Mas ela nunca está aqui."

Ele estava aflito havia dois dias, desde que combinaram o encontro. Na verdade, ele só pôde marcar o encontro depois que se sentiu mais forte para não cair em tentação. Mas agora que estava há apenas alguns passos dela, se achava um ingênuo por ter acreditado nisso.

"Logo agora, logo agora que minha vida está estabilizada? Justo agora que não estou mais perturbado? O ser humano é mesmo um bicho difícil de entender, parece que não basta estar vivo; precisa sempre se colocar à prova! Diacho!". Suas recriminações eram em vão, agora ele estava lá.

Avistou o carro dela. Era novo, porém a placa não deixava dúvida: o nome da cidade estampado era o mesmo que o dela. "Cadê ela? Cadê? Ela falou que estaria aqui...", seu sangue parecia subir até a cabeça e apertá-la.

"Ah!", suspirou num misto de surpresa e conformismo, como se o desastre fosse inevitável. Ali estava ela. E não, ela não estava de vestido, mas de saia. Verde.

"Ela continua chamando a atenção. Continua bonita". Ele caminhava na direção dela, sem saber muito bem o que estava fazendo. Ele a via retirando os óculos escuros e sorrindo para ele.

"Agora não tem mais jeito. Não me resta outra saída." E seus pensamentos foram interrompidos pelo corpo dela em sua frente;

parece que estar ao lado dela e ao mesmo tempo pensar eram situações incompatíveis. Inclinou-se para beijá-la no rosto. Ela era mais baixa do que ele e inclinar-se era seu antigo costume quando estavam juntos.

Lembrou-se de que o primeiro beijo fora no carro. Eles estavam sentados e a altura dela era o menos importante. O que importava era sua boca, o pedacinho do seio que, para fora do sutiã, ele beijava, a coxa que ele tocava levemente, como se ela não se desse conta de que estava sendo acariciada e assim não afastasse os dedos dele de sua pele.

Foram dias, aqueles em sua companhia, em que seus sentidos estavam à flor da pele. Seu corpo parecia ser acarinhado pelo vento que passava, suas narinas percebiam qualquer perfume escondido, sua saliva parecia mais fina para receber a dela e o único som que gostava de escutar era o que saía dela quando estavam na cama.

E agora estava lá, policiando-se para não abraçá-la mais forte e beijar seu pescoço, esforçando-se para que nada saísse do lugar: "Estou estável, estou es-tá-vel", repetia para si mesmo, como uma ordem que pudesse ser cumprida para que seus braços fossem controlados e não a pegasse para si, para que controlasse sua boca a fim de não beijá-la.

Falaram qualquer coisa um para o outro, como se falar qualquer coisa pudesse preencher o espaço. "Mas que espaço?". Não havia vazio nenhum, ele já estava preenchido por toda a história que tinham vivido e que teimava em retornar como se fosse a realidade daquele momento.

Foram caminhando para o restaurante. Achou que se seguisse o roteiro antecipadamente formulado, não perderia seus olhos nos dela.

"Ela está do mesmo jeitinho. Ela é ela mesma. E eu? Como será que sou agora? Ela fez um comentário qualquer sobre eu estar de camisa... Será que conto a ela que eu sei que engordei cinco quilos? Será que ela percebeu alguma coisa de dentro de mim?", perguntava-se incansavelmente, desviando seus olhos dos dela quando era a vez dela de falar. Olhava para os arredores buscando sentir-se de volta em seu próprio corpo. Mas surpreendentemente não percebia nada além dela. Pediu desculpas uma ou duas vezes por ter esbarrado em alguém, enquanto esticava suas longas pernas ao lado da mesa.

Porém sentiu a perna dela debaixo da mesa. Foi tão de leve que talvez ela não tenha percebido... Os dedos encostavam-se nos dela, ele jura que sem querer, e dessa vez acha que ela percebeu.

"Ei! Silêncio não! Silêncio não, pelamordedeus", desesperava-se por um segundo e então pedia pra ela contar alguma coisa de sua vida. E ela contava. Ele se esforçava para prestar atenção. Nada daquilo ele queria ouvir. Ele queria mesmo era escutar o som que saía da garganta dela quando entrava em seu corpo.

O tempo estava passando e nada de relaxar. Seu corpo ainda estava tenso, parecia guardar na memória como ficava excitado ao seu lado, e agora estava rígido como se pudesse entrar dentro dela. Só que eram seus ombros que estavam tensos e não seu membro. O máximo que poderia conseguir desse jeito era uma dor de cabeça.

Conversavam uma conversa já esperada, quase programada de antemão. Falando a verdade, nada era novidade. Eles falavam o que ele já havia imaginado falar; ele sentia o que já imaginava que iria sentir. A única diferença era que agora ele não podia colocá-la em seu colo, tocar sua pele e beijar sua boca. "Mas por que não posso mesmo?", esquecia-se por um momento o que estava acontecendo.

Reparou que ela tentava parecer à vontade. Não que estivesse forçado, mas é que a situação era tão estranha que colocaria sua mão no fogo por essa calmaria toda dela. Ele não estava à vontade. Nada de suas vontades estavam sendo satisfeitas. Aliás, aquela perturbação estava voltando... Tinha ganas de perguntar a ela o que estava sentindo, se tinha o mesmo desejo de antes, se pularia em seu colo na primeira oportunidade, se gostaria de ter que interromper uma lambida somente pelo lugar e horário impróprios... Sabe-se lá o que ela carregava que pertencia a ele que o deixava assim tão perdido quando estava a seu lado.

Então ele começou a falar sobre suas escolhas atuais, a estabilidade adquirida a preço alto e o esquecimento como consequência da teimosia, no entanto em alguns momentos chegava a duvidar das próprias palavras, como se elas não valessem de mais nada agora que ela estava ali.

Talvez tudo perdesse o sentido quando ela estava ao lado dele. Longe dela prestava mais atenção às coisas. Perto dela só o cheiro e o gosto dela é que importavam. Aliviou-se por esse pensamento astuto e naquele instante parecia ter recobrado toda sua sapiência. A única coisa de que não fazia a mais pálida ideia era de como iria sobreviver àquele encontro. Já estava no carro dela. Soltou um comentário de que era bom que ela estivesse dirigindo. Nada mais precisava ser dito. Ambos entenderam e se lembraram de quando ela engolia parte do corpo dele, enquanto ele tentava não errar o caminho de volta para casa. Ela sorriu um sorriso doce e convidativo.

Ela também parecia não saber o que estava fazendo, já que ele tinha que repetir a cada minuto para onde é que ela tinha que virar com o carro para deixá-lo de volta. Estava começando a se deliciar com a situação, vendo-a sem jeito com as próprias mãos e desejos.

O carro parou. Tinham chegado ao destino! Destino dele, não o dela – percebeu entre aliviado e atormentado. Era agora! Agora poderia tocá-la – abraçou o corpo dela desengonçadamente, tanto que seu nariz foi parar em sua nuca. Já que estava naquela posição, beijou-lhe da maneira mais delicada que pôde para esconder a voracidade com que seus dentes se abriam para abocanhá-la.

Abriu a porta e voltou, ainda mais uma vez, com a confusa intenção de beijar-lhe a boca. Foi no rosto. Naquela partezinha entre a maçã e os lábios. Quis dizer-lhe qualquer coisa suficientemente suspeita para ter que se demorar mais um pouquinho que fosse, tendo que explicar palavras que não tinham e não precisavam de argumentos.

Fora do carro ele sabia que faria isso; ela sabia que ele faria isso: antes de fechar a porta olhou-a mais uma vez, temendo e talvez desejando que fosse a última vez. Ela estava com as mãos entre as pernas, com um sorriso terno, triste e decepcionado.

O carro partiu. Talvez ela nem tenha visto onde é que ele entrou.

E então, a professora do primário escrevia na lousa: "A Floresta Amazônica é a maior do mundo, com tantos quilômetros de extensão, composta por tantos rios, é habitat para flora e fauna diversas, tais como: tal, tal e tal. Tem baixa densidade demográfica e por lá chove bastante. Além disso, a Floresta já foi protagonista de muitas histórias, dentre elas a do autor tal e tal". E por fim, decretava: "Para a tarefa, continuem a redação livremente".

E o aluninho, aquele tão espertinho, levava a lição para casa e, depois de brincar e comer, sentava-se à mesa junto da mãe para fazer o trabalho. Pensava e pensava. E não saía nada! Pudera, pensava, o que mais se tem pra escrever a respeito da tal Floresta Amazônica? A professora já havia dito tudo! Só se ele começasse: "E lá na Floresta vive uma professora muito peituda que adora fazer terrorismo com os alunos, pois manda uma tarefa pra casa que já está feita. E além de tudo não é a primeira vez. Já tive que inventar de tudo! Pede pra ser criativo, mas fala como se tem que fazer? Ah, professora! Dá um tempo, vá!".

E o aluninho, aquele tão gracioso e espertinho é mandado para diretoria sem saber por quê. E aquela cara ruim e gorda, característica das diretoras escolares, está esperando por ele. E por explicações! E o aluninho tenta dizer que só estava, pela primeira vez, tentando ser criativo como a professora sempre pedia.

E o aluninho leva uma suspensão para casa. E os pais? "Meu filho vai ser um bandido! Nessa idade já é suspenso! Mas onde eu errei? Meu Senhor! Por que me castiga?".

E o aluninho, agora um aluninho-filhinho, pensa que sua mãe vai morrer e vai ser sua culpa e que ele é o diabo, e que ele é o pior de todos, e que o poder dele supera tudo o que... Ops! Ele tem uma ideia: Ele deve ser Deus! Por que não tinha pensado nisso antes? Com tanto poder assim, ele só pode ser Deus!

E é quando ele ouve um chamado dos céus (claro que ele não ouviu nada, mas ele gostou da ideia de ter escutado), postou-se sob o parapeito da janela e voou. Voou como um pássaro, ou melhor, como Deus. Mas ele pensou: "Deus voa?". Agora já era tarde demais. De qualquer forma, ele não parou de voar e hoje mesmo ele está assistindo, sentado à direita de Deus Pai Todo-Poderoso (ele descobriu que era muito pequeno para ser Deus, então resolveu ser seu Filho), ele está assistindo à sua professora, ou melhor, sua professorinha-internadinha no hospiciozinho, imaginando que aquelas pessoas estranhas e meio moles são seus aluninhos.

Realmente ele era poderoso!

VALSA COM MEU SEQUESTRADOR

Era mais um domingo fim de tarde, quando ele ligou propondo uma conversa com pizza em sua casa. A voz era tão monocórdica e forçadamente suave que eu não tive como recusar. Se eu recusasse, como poderia explicar a negação frente a um pedido de trégua? Eu logo pareceria uma louca que vê coisa onde não existe.

Mas será que era um pedido de trégua? Depois de tudo o que já havia acontecido, como é que ele queria conversar? Não há nada para conversar, nunca houve... Percebi, mais uma vez, ao chegar, que teria que ficar horas escutando sua voz que não deixava escapar um grito de desespero, uma faísca de loucura. Tudo estaria previamente elaborado, a fim de que não saísse do eixo e nada mais aparecesse a não ser as explicações intelectuais sem fundamento algum.

Estava eu, meu irmão vegetal e o sequestrador na mesa comendo cada um seu pedaço de pizza. Nem importa dizer o sabor, eu não sentia gosto nenhum do que estava comendo, só o gosto amargo que me dava na boca quando eu estava na presença dele.

Aquela expressão endurecida que nos recebia com um sorriso petrificado no rosto estava lá, sempre pronta pra nos enlouquecer de mansinho, sem sujar as mãos. Ele falava sobre como estava sozinho, não íamos visitá-lo e ele ficava perdido, sem a família, sem saber o que fazer, comendo porcarias, embebedando-se e acordando tarde. O escritório ia mal, o aluguel tinha aumentado, os clientes ora vinham, ora sumiam ao sabor dos picos de depressão dele.

"Mas", disse ele, "agora eu estou me cuidando, estou comendo coisas saudáveis", e abanava nas nossas caras o saco de pão integral recém-comprado, como se isso fizesse parte de um novo projeto de se salvar. Quem se salva com pão integral? Um mero saco de pães agora era a bandeira branca de sua vida.

Aquilo tudo não fazia sentido algum, pra variar, mas eu sabia que dali não poderia sair tão cedo. O monólogo já entrava pela segunda hora consecutiva e qualquer tentativa de me intrometer era barrada com um sorriso endurecido e uma frase: "Espere um pouco, me deixa terminar". Deixa terminar o quê? Nada tinha vida naquele lugar, nada dentro dele chamuscava qualquer coisa ao redor.

E ele continuava a dizer que estava tomando os remédios, e eu falei, com minha raiva contida, que era muito boa aquela notícia. Agora, cá entre nós, isso apenas amenizava os sintomas da maldade dele, nada mais. Ele continuava o mesmo cara enlouquecido que, mansa e cotidianamente, tomava pra si cada suspiro da pessoa ao lado para ele mesmo respirar.

Lembrei-me do dia em que fomos enxotados dali. Com palavras muito claras ele me disse uma frase inesquecível: "Vá embora da minha casa. Você é uma péssima pessoa. Vá embora agora mesmo". E o estopim foi um quebra-cabeça desarrumado na mesa da sala há muitos dias, que eu havia ganhado de presente de aniversário do meu irmão vegetal. Eu virei, abanei a cabeça num gesto de sim senhor, vá se ferrar, e continuei a falar com minha mãe que lavava a pilha de louças acumuladas pela família. Nesse instante ele ousou ir embora, mas voltou com a fatídica frase.

Eu fui para o quarto, apanhei minha mochila e comecei a pensar que coisas deveria levar para a casa da minha avó, pois, com certeza, eu iria me refugiar lá. No entanto, minha mente foi trabalhando em escalas e, enquanto eu arrumava roupas para levar, eu me perguntava que coisas mais eu deveria levar. E se as aulas começassem e eu tivesse que ter mudas de roupas novas? E se o fim de semana terminasse e eu continuasse lá, acabadas as distrações, o que mais eu faria? E se levasse muitos dias aquele exílio? Talvez eu tivesse que levar um livro... E quando eu levo um livro, sei que vai demorar. Nesse momento minha mãe entrou no quarto e sugeriu algo que eu mesma já havia decidido: "Vá para a casa de sua avó. Eu ficarei. Depois vemos o que fazer".

Minha mãe já dormia em meu quarto há muito tempo, pois não suportava mais o cheiro do sequestrador. Ela sabia onde ficavam minhas coisas e guardava algumas dela, as mais importantes, a que o homem não poderia ter acesso. Sabe o que eu acho? Eu acho que ela deveria ter fugido. Fugido pela janela, fugido em um momento de distração do homem e nos levado para bem longe daquele cativeiro, cujas noites e dias eram uma lástima.

Era como se ele nos amarrasse em cadeiras ao redor de uma mesa enfeitada com peru e frutas secas, e nos olhasse com o sorriso potencialmente enlouquecedor e nos obrigasse a sorrir de volta, desejando Feliz Natal uns para os outros. O mais cruel? Nós obedecíamos.

Meu irmão vegetal não foi sempre um vegetal. Ele tentou fugir, coisa que minha mãe não fez. Ele tentou se matar quatro vezes, uma tomou veneno de rato, a outra cortou os pulsos. Das duas vezes ele pediu ajuda quando já estava ficando mortalmente sonolento. Outras duas vezes ele tentou pular da janela da sala. Nós ainda não tínhamos colocado grades.

De outra feita ele subiu em um ônibus, e foi parar em outro município. Voltou andando pé ante pé e foi dar em um parque no centro da cidade. Ligou às três da madrugada se rendendo. Posso dizer que ele era o mais são entre nós. Hoje ele toma medicações extremamente fortes que têm a função de dopá-lo a maior parte do dia. Ele é o único que visita o sequestrador todos os fins de semana.

Voltemos à cena no domingo de noite quando o sequestrador explicava toda sua rotina de homem arruinado. Quando ele, por um momento, interrompeu seu monólogo, foi minha deixa pra dizer: "Sabe, você está sozinho porque quer. Você nos expulsou de casa". E eu que havia sonhado tantas noites e dias com o momento de jogar essas palavras na cara dele! Eu já deveria saber... Em vão... Ele simplesmente me olhou com o rosto petrificado e falou calmamente: "Sua mãe me deixou e vocês foram juntos. Foi isso que aconteceu".

O quê?! E toda a chance que existia dele se desculpar, dizer que estava com a cabeça quente e sentia muito por ter feito aquilo? E toda a chance de rever sua conduta e permitir que eu fosse eu com minhas lembranças e histórias por um momento? Um momentozinho?! E tudo o que eu havia sonhado para o dia em que eu revelasse a ele minha mágoa por ter sido enxotada de casa com meu irmão vegetal e minha mãe rendida? Tudo isso era pó.

Que dor, que ódio, que vontade de rasgá-lo ao meio! Eu não sei o que eu queria quando disse o que eu disse... Ah! Como eu rezava para que ele soltasse um berro, jogasse uma cadeira, qualquer coisa que mostrasse a loucura toda que cabia dentro dele e eu pudesse enfim ir embora daquele cativeiro para nunca mais voltar!

Mas daquele jeito eu nunca poderia me desamarrar dele sem que minha culpa não me arrastasse para o inferno dos suicidas... Fiquei lá.

Então ele virou-se para o meu irmão-pó e falou: "E você, e você, agora vou falar... Você que fica querendo arrumar namorada e ter amigos... Como? Você exala um cheiro fétido!".

Meu Deus! Meu Deus! Eu! Eu sei que não suporto o cheiro do meu irmão. Eu prefiro almoçar sozinha a almoçar com a família quando ele está junto porque, oleoso, seboso, ele saliva todo alimento que ingere. Eu que durmo no mesmo quarto que ele e fico verificando se o cheiro já chegou ao meu lado e me impede de dormir; eu que não suporto vê-lo com baba branca depositada no canto da boca por causa dos entorpecentes; eu que vivo dia a dia com ele e sei que, quando todos morrerem, vou ter que cuidar do meu genial irmão que virou pó, nunca, nunca, disse isso a ele. E nunca direi. Ele é meu irmão. Ele foi meu irmão um dia.

Quando o sequestrador denunciou seu cheiro, meu irmão, com um rosto perdido e condescendente perguntou: "Eu exalo?". O sequestrador repetia que sim e começou: "Você, você que era tão genial, olha o que você me fez! Eu nunca me recuperei da sua doença!".

Escutem, vocês que estão lendo. Escutem o que esse homem dizia. Ele comparava quem meu irmão havia sido antes de ter-se rendido, àquele vegetal que hoje é. Como, por Deus, alguém faz isso? Como alguém humilha outro ser, agora indefeso, agora acuado e o encarcera na própria alma? Como alguém responsabiliza outra pessoa por sua ruína? Ainda mais quando essa outra pessoa lutou tudo o que podia e, para sobreviver, despiu-se de toda sua alma e corpo e os ofereceu docilmente a seu próprio sequestrador? O que mais esse cara queria?

Eu bem sei o que ele pretendeu ao me chamar ali: ele queria mais um refém a se render, que fosse por suas próprias pernas, ao cativeiro e, então, nunca mais pudesse gritar ou pedir socorro, pois havia entrado ali sozinho. E depois, rendido, o refém se tornaria um sujeito desprezível, exatamente por ter-se rendido.

Nesse momento, eu respondi sem imaginar o que eu estaria fazendo por mim e por meu irmão zumbi: "Olha, vamos mudar de assunto. Não quero falar sobre quem é ou quem deixou de ser meu irmão. Encerramos por aqui". E nesse momento eu vi o ódio se materializando na minha frente. Eu nunca havia visto. Mas o ódio seco, o ódio que se interrompe nas veias da cabeça a ponto de você enxergá-la pulsando, o ódio de quem despreza a vida e as pessoas e então consegue olhar para o mundo de uma forma irônica, altiva, como se estivesse acima dos simples e macilentos mortais, por saber de algum grande segredo.

Assim era o sequestrador. Assim era aquele homem que havia me dado a vida, juntamente com minha mãe, prisioneira dentro da própria vida que havia criado para si e para os filhos que foram nascendo.

Imaginem um final para essa noite. Sangue, chutes, socos, agressão física e moral?

Sinto desapontá-los. Esse homem não se rende nunca, não dá um ponto sem nó. Ele não reconhece a bondade, ele conhece a obediência. Ele não reconhece a entrega, ele conhece a rendição. Ele não reconhece o amor, ele conhece o controle, ele não reconhece a mágoa, ele conhece a provocação. Ele nunca me reconheceria, pois ele nunca me viu.

Voltamos para a casa em que moro hoje com minha mãe e meu irmão-pó, no carro dele, enquanto eu vislumbrava um acidente fatal. Que nada. Fomos conversando sobre Michelangelo. Nada mais dócil, nada mais pueril, nada mais cruel. Quando desci do carro, ele ainda falou: "Então apareça mais vezes!".

A MÚSICA QUE NÃO TINHA SOM

Ela ficou colhendo elementos como se tirasse fotografias, porque sabia que seriam as únicas recordações daquela história que deveria terminar naquela noite.

Durante todos os dias que antecederam aquele momento, ela sabia que não poderia ceder. Ela tentava manter-se firme e continuava achando que ele era um tolo que teimava em juntar, em uma mesma sentença sentimentos, proposições e convites tão díspares entre si.

Ela estava tentando alertá-lo, pura e simplesmente por seu antigo hábito de estar sempre acordada e a par de seus próprios sentimentos: por mais que condenasse, não poderia negar, sua parte mais insana, imatura, apaixonada e viva clamava por ele, por estar ao lado dele.

Mas enfim ele acordou. E acordou o choro dentro dela. Foi com um abraço, noite adentro, no meio do caminho para a casa. O que antes poderia ser considerado desejo de carne revelou-se amor solitário e doído. E amor correspondido. Aí estava o maior perigo. Naquele momento eles se amaram um amor puro, cândido e que parecia transcender o corpo deles. Não precisa de corpo para se revelar.

Ela chorava nos braços dele, ele deixava as lágrimas escorrerem e a apertava mais forte contra seu próprio corpo. Ela não tinha medo de chorar nos braços dele e parecia não precisar se explicar. De alguma maneira eles entendiam aquele instante. Ele não podia deixar de dizer e disse mais de uma vez: "Não achei que fosse ser tão difícil".

Foi nesse exato instante que ela percebeu que ele entendera sobre todo o risco que estava tentando alertar.

Não posso me esquecer de contar que, antes dessa sublime revelação, eles estavam sentados um de frente ao outro e não conseguiam evitar olhar muito um no olho do outro. Um dia depois ela lhe explicou que o mirava com amor e ele quis saber o que era isso.

Mirar com amor? É olhar sem poder perder um segundo do tempo, um traço do espaço, uma expressão que contorna os olhos; é ter que aguçar a audição pra escutar todos os sons que emanam de alguém, é reparar em todas as imperfeições para depois reconstruir e poder abraçar o ser amado nos sonhos.

Ela me pediu que escrevesse a história deles para que, ao menos, as sombras desse amor tão fugaz não desvaneçam. Eu preciso fazer isso com afinco, mas devo confessar que temo tal tarefa. Não acho que serei capaz de usar as palavras de forma a representar algo que prescindiu delas.

No último encontro, depois de uma adorável tarde de intensa comunhão, eles se encontravam no mesmo sofá, nos mesmos lugares do primeiro toque de lábios que, em seguida, se transformou em um beijo calmo de línguas passeando por entre saliva, a única fonte que poderia aliviar a sede tão grande que acompanhava o desejo deles um pelo outro.

O surpreendente é que eles nunca haviam imaginado que estavam tão sedentos um pelo outro até o beijo acontecer. E no último encontro, no instante em que percebeu que iriam se amar em apenas um beijo, levantou-se sem ter a mínima vontade de deixar aquele lugar, mas com um claro sentido de ordem que emanava de dentro de si: "Saia já daí se não quiser ir até o fim, onde não se encontra luz". Mas quem disse? Ele a puxou para si tentando fugir da boca dela, temendo que o beijo fosse o único responsável por uma união real e misturou-se ao corpo dela sem que os lábios se tocassem mais. Os lábios dele estavam em sua cintura, talvez sentindo o cheiro da pele, talvez sentindo a textura. Ela fechava os olhos e amava cada toque dele, cada respiração dele, cada nota que construíam junto naquela quadra.

Ela tentou sair duas ou três vezes do colo dele, mas ele voltava a tomá-la pra si. Acho que ele se lembrava do que ela havia dito na noite anterior: "Eu preciso dizer que prefiro estar a seu lado, escutar sua voz rouca e sobreviver a isso a nunca experimentar nada disso". Ele deve ter levado a sério essa fala e deixou de lado algo ainda mais sério: o que é dito na alcova morre na alcova.

Ele tocava a bunda dela, a perna dela, o ventre, soltava sussurros e então os dedos dele tentaram se aproximar do sexo dela, aquela parte feminina que denuncia toda resposta que um homem pode querer saber de suas investidas. E ela não poderia deixar que ele soubesse que poderia tê-lo naquele instante.

Então ela percebeu que o perigo já estava consolidado, mesmo desvencilhando-se dele, do corpo e do olhar dele. Ficou atordoada, pediu pinga, remédios para dormir, mexia em qualquer coisa em cima da mesa. Ele tentou quase se desculpar, mas ela não deixou: "Você sabe que isso que fizemos é o de menos. Já fizemos amor sem precisar do corpo". Ele sentia vontade de chorar e atendia a todos os seus confusos pedidos: dava-lhe pinga, remédios, abraçava seu corpo e até beijou seus lábios. Por fim, percebendo a inevitável separação e culpa, pôde transformar em palavras o seu desejo: "Eu queria entrar dentro de você pela sua boca e penetrar cada parte do seu corpo. Morar em seu ventre, seus braços, suas coxas".

Eles então concordavam em alguma coisa a um só tempo: era possível amar sem fazer amor. Era possível experimentar sem ter corpo. Era possível sentir mesmo sozinho. Era possível escutar sem ouvir som. Vá lá saber que história foi essa, que foi sem ser. Ele foi embora e ela foi embora. E eu nunca pude saber quem deixou o ninho primeiro.

DESMENTIRAS E OUTROS DISFARCES

Logo agora que ela havia encontrado uma pessoa ela se perdera. Bem, melhor dizer a verdade: ela se perdeu porque encontrou uma pessoa. Não que ela tivesse todas as contas feitas e as soluções nas mãos, mas vamos dizer que ela estava mais protegida do turbilhão incansável que ele prometeu trazer assim que se conheceram.

Não, ele não falou assim diretamente. Mas estava implícito. Ele cheirava a problemas. Se no bom ou no mau sentido, eu não sei. Mas nem se incomode em perguntar, ela também não vai saber responder.

Não posso começar a contar o pouco da história que sei que aconteceu se houver perigo de algum deles saber. Isso precisa ficar entre nós. Se o contrato for selado, podemos seguir adiante. Caso contrário, paro por aqui.

Vou principiar a dizer do começo do final. Foi quando ela se perdeu. Ficou a manhã inteira com o coração quase a sair do peito e, em alguns momentos, o coração realmente ousava parar. Acho que por milésimos de segundos, mas era assim que acontecia, e isso a deixava em pânico – o caminho se mostrava, nesse instante, tão escuro quanto a realidade.

Não, não foi assim uma paralisação sem disfarces. Ela esperava a ligação da médica como se esta fosse salvá-la. Não sei a resposta que ela buscava, mas o ponto a que quero chegar é que, durante a manhã inteira, enquanto ela fingia acreditar que algo a salvaria, ela podia odiá-lo. Vê? Por isso nenhum dos dois pode ler isso. Eles nunca entenderiam o que quero dizer com o ódio justo em um momento feito esse, em que se está ensaiando os primeiros "eu te amo".

Vou tentar explicar. Quem sabe você que está de fora entenda alguma coisa: o ódio veio da ocasião em que ele entrou dentro dela. Fisicamente, sim. Da maneira que você está entendendo. Mas ela demorou um dia inteiro para se dar conta do ódio. Perceber algo perigoso ela percebeu assim que ele entrou dentro dela. Ele sussurrou algo como: "vou fazer um filho em você". Aí estava feito o convite. Como ela poderia recusar tamanha vontade de ser possuída, de pertencer a ele? Ele a queria totalmente pra si. Estava quase enfeitiçado.

Daí ela deixou que ele a invadisse. Que o corpo dele entrasse no dela sem pele. Só com a fina pele do corpo deles separando um do outro.

Diga-me, você também não teria ódio depois de ser invadido com tamanha paixão, com tamanho perigo de ficar lá e nunca mais voltar? Se não sabe do que estou falando, tenho duas hipóteses: ou você está astutamente disfarçando ou está muito longe de sentir vontade de devorar alguém. Não sei se fico penalizada ou se o parabenizo.

De qualquer maneira, vou continuar. A manhã terminou, o telefone da médica a salvou, mas ela continuou paralisada. Quis beber para esquecer. Esquecer que estava se entretendo com uma brincadeira tão arriscada. Como é que ela ficaria dali por diante? Começara a se entregar justamente sabendo dos riscos que estava correndo e mesmo assim não evitou. A informação é nada. Inclusive a informação ao próprio respeito.

Ele pareceu ter mais respostas que ela. E isso não ajuda nada. Acho que nem ele consegue se ajudar com as respostas que têm. Ela parece ter desistido de crer em qualquer coisa que se mostre razoável. Parece que ela prefere correr o risco de morrer. Não sei se podemos falar que ela prefere, já que a morte não parece ser algo que dependa da preferência. Mas ela sabe que pode morrer.

Ah! Espere aí! Não me venha com essa cara de quem não está entendendo, como se estivesse dizendo que perdeu o fio da meada da minha história. Espere. Você nem sabe o que ela sente sobre a morte. Pode dar uma chance pra o que vou contar ou tem que ser a partir do seu ponto de vista? Acalme os ânimos e me escute.

Ela tem uma sólida noção de que pode (e quer) morrer nos braços de alguém. E isso tem a ver com ela. Não fique achando que estou falando sobre você. Essa é a história dela. Nem de longe deve ser feito como a sua. Com momentos de desespero tão medidos – quando morre alguém, quando alguém o deixa, quando vai fazer uma prova, quando alguém o provoca. Não, não. Ela vive momentos de dor por coisas que talvez você considerasse muito pequenas, ou pior, talvez nem considerasse a existência, afinal, não duvido que paute a sua existência no conhecimento prévio que tem sobre a vida.

Vou explicar melhor, tenha calma. Não estou querendo provocá-lo por nada. É a única maneira de chamar sua atenção para alguma coisa diferente. Só isso. Enfim, darei um exemplo do que estou tentando dizer. A morte lhe veio no momento em que ela percebeu que poderia desejar ser dele. Instantes mais tarde ao que se conheceram, ele disse: "Assim que a vi, tive peso na consciência". Se eu contar a história básica de que ele sentiu peso na consciência, pois carregava consigo outra garota e desejou traí-la para estar com ela que acabara de conhecer, você vai poder vislumbrar o que quero dizer com sentir dor em momento tão fugaz. Ela imaginou que, no momento em que se sentiu desejada, foi o mesmo instante em que percebeu que a exclusão existia. Há paz de espírito assim? Não que eu saiba. Não que eu tenha experimentado. E pelo visto, nem ela.

Ela permitiu-se fantasiar que talvez ele pudesse entendê-la, entender todas as suas dores, porque ele mesmo estava descrevendo em uma frase o que era a dor de existir. Ela fantasiou que ele pudesse entender que ela também é capaz de sentir peso e aflição quando algo que parece tão cotidiano acontece. Também ela é capaz de sentir amargura por perceber o que a vida está apresentando num exato momento, e que é só por aquele instante, pois é preciso escolher em um piscar de olhos o caminho que vai seguir após defrontar-se com o apresentado.

Agora, diga-me, isto não é ameaçador? Se você puder se dar conta de quantas vezes foge do que a vida apresenta, entraria em quarentena, cinquentena, seja lá o que for, tamanho deve ser o tempo de luto com o qual você vai se ocupar. E não vou entrar no papo de compensação, de que, se você percebesse tudo o que não escolhe, se tivesse consciência aguda de que está vivo sempre prestes a morrer, iria enlouquecer. Isso é papo de quem quer se redimir das idiotices que comete e fugir das idiossincrasias do próprio ser.

Pra contar essa história devo não cair em tamanha tentação de ser estúpida e acreditar que você concordaria com as coisas que digo e devo tentar me focar na verdade dos fatos. Até porque esse momento vai acabar. Devo aproveitá-lo ao máximo. Você não estará aqui em breve. Tampouco eu. A verdade é que a história pouco importa. A dor já foi anunciada. Por ora isso é o relevante.

CARTA A ALGUÉM QUE NUNCA CHEGOU

Ele havia acabado de chegar ao país. Ela nunca tinha saído do país. Mas os dois se encontraram no ponto central da cidade da vida dela. Era por lá que ela passava todos os dias. Ele não. Talvez ele nunca tenha estado lá. Mas como a probabilidade de encontrar alguém aumenta com o tempo quando se passa todos os dias pelo mesmo ponto, assim se deu, e eles se encontraram.

Cada um tinha seu par de amigos e cada um falava sobre alguma coisa diferente – a vida deles era muito diferente. Improvável que se encontrassem na vida se não fosse aquele dia, aquela hora, aquele local.

Mas cabe aqui uma dúvida: eles se encontraram mesmo? Ou melhor, o que encontraram quando se encontraram?

Ela é uma mulher que sente falta, sente um pedaço fora dela de dentro de si. Sente que é muito pouco o que viveu se alguém nunca chegar. Mas! Ela, por experiência, pondera: e se esse alguém chegar e trouxer menos vida, menos saúde, menos amor, mais solidão, mais compaixão, mais confusão? Porque é assim que sente o espaço que carrega dentro de si esperando por alguém.

Ele? Ele? Não saberia dizer ao certo. Ele pode e sabe blefar como ninguém. Pelo menos é o que ela pensou quando ele contou ser jogador profissional de pôquer. Isso poderia ser apenas uma superstição da parte dela tanto quanto uma observação pouco astuta, mas devidamente verdadeira.

Ele diz que ela é preconceituosa. Ela acha que ele não sabe nem metade das coisas. Mesmo assim, eles se encontraram pela segunda vez: ela meio bicho do mato, calada, na espreita, esperando o bote a qualquer momento; ele meio à vontade demais, falante demais, galante demais. Um garanhão, justamente o que ela, assustada, constatou que desejava. Ou achou que constatava algo, já que saber coisas de si que não lhe agradavam fazia parte da sua rotina. Porque ela sabe o quanto deseja cegar-se e viver o outro, cegar-se e entregar seu corpo e alma a alguém sedento pelo sangue dela. Quem não teme (e quer) ser mordida pelo vampiro mais sedutor e trazer em seu corpo o veneno capaz de desfazer as diferenças e unir dois seres tão distantes entre si? E quem teme (e não quer) morder, sugar o sangue doce e quente de uma vítima que será subjugada (e até amada) exatamente por ter se entregado tão docilmente?

Mas o encontro, o segundo, foi estranho. Talvez mais real, dada as circunstâncias, pois o tempo que se passou, mesmo o mínimo tempo de menos de um dia, trouxe consigo as mesmas dúvidas que assolam a mente dela e as mesmas certezas que entopem o pensamento dele.

E lá se dispuseram os dois ao embate: ela estava errada, dizia ele, mal imaginando que ela acreditava em cada palavra dele; ele era muito cheio de si, retrucava ela, mal imaginando que talvez ele não tivesse sentidos para escutá-la. Pararam de se engalfinhar com um beijo, um beijo dado depois de ele tocar o ponto fraco dela e ela o desprezar com um gesto feio, desses que, com apenas um dedo em riste de uma das mãos, se manda o outro à merda. E assim se dispuseram a não falar mais, porque aquilo tudo era um tanto cansativo – estar lá sem ter condições de estar. E assim se beijaram e um beijo levou a outro, mas acabaram assim: ela o deixou em uma rua qualquer para tomar um táxi, ele, sem dizer palavra, apenas selou aquele que poderia ser o último momento com um beijo terno, daqueles que se aperta o olho pra beijar o outro, temendo ver e antever a saudade daquele mesmo momento.

E passou-se o tempo. Uma semana, viria a dizer ele, mas foi mais que isso. Dentro dela ecoava não se sabe o que com a mistura do nome dele. O nome dele era sonoro aos ouvidos dela.

Por isso ela o pronunciava em tom suficiente pra que os ouvidos se acostumassem com o fato de que ela chamava por alguém. Houve um dia em que ela ousou chamá-lo em tom mais alto. Ele escutou e veio. Veio perguntando por que raios ela havia demorado tanto. Por quê? Os cigarros e a bebida não estavam mais dando conta.

    E eles conversaram uma conversa que não puderam ter quando se conheceram. Contudo, ela sabe que isso significa muito pouco, pois aprendeu que o tempo só passa esperando por alguém. E não teme mais que a vida possa ser uma longa espera em meio aos afazeres. Não teme mais que a carta a alguém que nunca chegou pode nunca ser endereçada a alguém vivo e que existe. Pois sabe que estar viva não significa existir. Por isso ela espera. Espera pacientemente alguém que talvez nunca chegue.

CARA LEITORA, CARO LEITOR

A Cachalote é o selo de literatura brasileira do grupo Aboio.

Lemos, selecionamos e editamos com muito cuidado e carinho cada um dos livros do nosso catálogo, buscando respeitar e favorecer o trabalho dos autores, de um lado, e entregar a vocês, leitores, uma experiência literária instigante.

Nada disso, portanto, faria sentido sem a confiança que os leitores depositam no nosso trabalho. E é por isso que convidamos vocês a fazerem cada vez mais parte do nosso oceano!

Todas as apoiadoras e apoiadores das pré-vendas da Cachalote:

— têm o nome impresso nos agradecimentos dos livros;
— recebem 10% de desconto para a próxima compra de qualquer título do grupo Aboio.

Conheçam nossos livros pelo site aboio.com.br e sigam nossos perfis nas redes sociais. Teremos prazer em dividir com vocês todos nossos projetos e novidades e, é claro, ouvir suas impressões para sempre aprendermos como melhorar!

Embarque e nade com a gente.

Cada livro é um mergulho que precisa emergir.

APOIADORAS E APOIADORES

Agradecemos às 192 pessoas que confiaram e confiam no trabalho feito pela equipe da **Cachalote**.
Sem vocês, este livro não seria o mesmo.
A todos os que escolheram mergulhar com a gente em busca de vozes diversas da literatura brasileira contemporânea, nosso abraço. E um convite: continuem acompanhando a **Cachalote** e conheçam nosso catálogo!

Adriane Figueira Batista
Alexander Hochiminh
Aline Mendes Urbinatti
Alysson Rogerio Da Silva
amanda santo
Ana Lúcia Dos Santos
Ana Maiolini
Ana Paula Soares Thome
Ana Paula Zanni
    Belotto Lazarini
Anderson Ricardo Trevisan
André Balbo
André Pimenta Mota
Andreas Chamorro
Anna Martino
Anthony Almeida
Antonio Arruda
Antonio Pokrywiecki
Arman Neto
Armando Vicente
    Medeiros Borges
Arthur Lungov
Beatriz Dias Marchi
Bianca Monteiro Garcia
Bruno Coelho
Bruno Zamur
Caco Ishak
Caio Balaio
Caio Girão
Calebe Guerra
Camilla Loreta
Camilo Gomide
Carla Guerson
Cássio Goné
Cecília Garcia
Célia C. Fontes Parzewski
Cintia Brasileiro
Cláudia Fernanda Bianchi
Claudia Sinisgalli
    Macéa Moreira
Claudine Delgado
Cleber da Silva Luz

Cristhiano Aguiar
Cristina Machado
Daniel A. Dourado
Daniel Dago
Daniel Giotti
Daniel Guinezi
Daniel Leite
Daniel Longhi
Daniela Rosolen
Danilo Boscolo
Danilo Brandao
Denise Lucena Cavalcante
Dheyne de Souza
Diogo Mizael
Dora Lutz
Eduardo Rosal
Eduardo Valmobida
Elaine Cristina Bertuso Pelá
Enzo Vignone
Evelyn Tripichi Approbato
Fabiane Secches
Fábio Augusto Furtado Diniz
Fábio Franco
Febraro de Oliveira
Flávia Braz
Flávio Ilha
Francesca Cricelli
Frederico da C. V. de Souza
Gabo dos livros
Gabriel Cruz Lima
Gabriel Stroka Ceballos
Gabriela Machado Scafuri
Gabriela Sobral
Gabriella Martins

Gael Rodrigues
Giselle Bohn
Gislene Andrade Santos
Guilherme Belopede
Guilherme Boldrin
Guilherme da Silva Braga
Gustavo Bechtold
Hanny Saraiva
Henrique Emanuel
Henrique Lederman Barreto
Isabelli Ricordi
Ivana Fontes
Jadson Rocha
Jailton Moreira
Jefferson Dias
Jessica Ziegler de Andrade
Jheferson Neves
João Luís Nogueira
Jorge Verlindo
Jose Antonio de
    Mello Hordones
Júlia Gamarano
Júlia Vita
Juliana Costa Cunha
Juliana Slatiner
Júlio César Bernardes Santos
Kehinde
Kelly Carla Pires Nascimento
Laís Araruna de Aquino
Lara Galvão
Lara Haje
Larissa Albunio Silva
Larissa Damasceno
    Bornichelli

Larissa Mayer Munhos
Laura Redfern Navarro
Leitor Albino
Leonam Lucas Nogueira
Leonardo Couri
Leonardo Pinto Silva
Leonardo Zeine
Lígia Rosado Antônio
Lili Buarque
Lolita Beretta
Lorenzo Cavalcante
Lucas Del Vecchio
Lucas Ferreira
Lucas Lazzaretti
Lucas Verzola
Luciano Cavalcante Filho
Luciano Dutra
Lucimara Da Silva
    Batista Ribeiro
Ludmilla Apolinário
Luis Cosme Pinto
Luis Felipe Abreu
Luísa Machado
Luiza Junqueira Meirelles
Luiza Leite Ferreira
Luiza Lorenzetti
Mabel
Manoela Machado Scafuri
Manuela Siani
Marcela Roldão
Marcelo Conde
Marco Bardelli
Marcos Vinícius Almeida
Marcos Vitor Prado de Góes

Maria Cristina Cavalieri
Maria de Lourdes
Maria Fernanda
    Vasconcelos
    de Almeida
Maria Inez Porto Queiroz
Maria Luíza Chacon
Mariana Donner
Mariana Figueiredo Pereira
Marilia Tupiassú
Marina Lourenço
Marjorie Merighi Robattini
Mateus Borges
Mateus Magalhães
Mateus Torres Penedo Naves
Matheus Picanço Nunes
Mauro Paz
Miguel Marques
Mikael Rizzon
Milena Martins Moura
Natalia Timerman
Natália Zuccala
Natan Schäfer
Odilon Sirino da Silva Filho
Odilon Sirino da Silva Neto
Odorico
Otto Leopoldo Winck
Paula Luersen
Paula Maria
Paulo de Moraes
    Mendonça Ribeiro
Paulo Scott
Pedro Torreão
Pietro A. G. Portugal

Rafael Atuati
Rafael Mussolini Silvestre
Raphaela Miquelete
Raul Marques Sirino
Rebeca Ortolan
Renata Paola Parenti Freitas
Ricardo Kaate Lima
Ricardo Kouiti Santos Iguchi
Ricardo Pecego
Rita de Podestá
Rodrigo Barreto de Menezes
Rodrigo Ribeiro Jabur
Rogerio Thome
Rosa Marques Sirino
Samara Belchior da Silva
Sergio Mello
Sérgio Porto
Simone H. B. Sanches
Teodoro Marques Sirino
Thais Fernanda de Lorena
Thais Helena
    Thomé Marques
Thassio Gonçalves Ferreira
Thayná Facó
Tiago Moralles
Tiago Velasco
Valdir Marte
Vanessa da Silveira Duarte
Victor de Barros Malerba
Weslley Silva Ferreira
Wibsson Ribeiro
Yvonne Miller

EDIÇÃO André Balbo
CAPA Luísa Machado
REVISÃO Marcela Roldão
PROJETO GRÁFICO Leopoldo Cavalcante
ILUSTRAÇÃO Edvard Munch

PUBLISHER Leopoldo Cavalcante
EDITOR-CHEFE André Balbo
ASSISTÊNCIA EDITORIAL Gabriel Cruz Lima
DIREÇÃO DE ARTE Luísa Machado
COMERCIAL Marcela Roldão
COMUNICAÇÃO Luiza Lorenzetti e Marcela Monteiro

ABOIO EDITORA LTDA
São Paulo — SP
(11) 91580-3133
www.aboio.com.br
instagram.com/aboioeditora/
facebook.com/aboioeditora/

© da edição Cachalote, 2025
© do texto Maíra Thomé Marques, 2025

Todos os direitos reservados. Nenhuma parte desta obra pode ser reproduzida, arquivada ou transmitida de nenhuma forma ou por nenhum meio sem a permissão expressa e por escrito da Aboio.

Grafia atualizada segundo o Acordo Ortográfico da Língua Portuguesa de 1990, que entrou em vigor no Brasil em 2009.

Dados Internacionais de Catalogação na Publicação (CIP)
Bruna Heller — Bibliotecária — CRB10/2348

M357m
  Marques, Maíra Thomé.
    Mitos, gritos e sussurros / Maíra Thomé Marques.–
São Paulo, SP: Cachalote, 2025.
141 p., [15 p.] ; 14 × 21 cm.

ISBN 978-65-83003-49-2

1. Literatura brasileira. 2. Contos. 3. Ficção contemporânea. I. Título.

CDU 869.0(81)-34

Índice para catálogo sistemático:
1. Literatura em português 869.0.
2. Brasil (81).
3. Gênero literário: contos -34

Esta primeira edição foi composta
em Martina Plantijn e Adobe Caslon
Pro sobre papel Pólen Bold 70 g/m²
e impressa em maio de 2025 pelas
Gráficas Loyola (SP).

A marca FSC® é a garantia de que a
madeira utilizada na fabricação do
papel deste livro provém de florestas
que foram gerenciadas de maneira
ambientalmente correta, socialmente
justa e economicamente viável, além de
outras fontes de origem controlada.